Contos em trânsito

Contos em trânsito

Antologia da narrativa argentina

Abelardo Castillo
Marcelo Cohen
Inés Fernández Moreno
Fogwill
Inés Garland
Liliana Heker
Sylvia Iparraguirre
Alejandra Laurencich
Claudia Piñeiro
Pablo Ramos
Eduardo Sacheri
Manuel Soriano
Héctor Tizón
Hebe Uhart

Todos os direitos desta edição reservados à
Editora Objetiva Ltda.
Rua Cosme Velho, 103
Rio de Janeiro — RJ — Cep: 22241-090
Tel.: (21) 2199-7824 — Fax: (21) 2199-7825
www.objetiva.com.br

Leonor © Hebe Uhart; *Cabine dupla* © Manuel Soriano; *A noite do Anjo* © Sylvia Iparraguirre; *Aspectos da vida de Enzatti* © Marcelo Cohen; *Lixo para as galinhas* © Claudia Piñeiro; *Um parente distante* © Héctor Tizón; *Nadar nas profundezas* © Pablo Ramos; *Felicidade* © Alejandra Laurencich; *Confissões num elevador* © Inés Fernández Moreno; *O cachorro velho* © Inés Garland; *Ninguém dava nada por Achával* © Eduardo Sacheri; *Dois fiozinhos de sangue* © Fogwill; *Delicadeza* © Liliana Heker; *A mãe de Ernesto* © Abelardo Castillo

Capa
Adriana Manfredi

Revisão
Fatima Fadel
Cristiane Pacanowski
Rita Godoy

Editoração eletrônica
Abreu's System Ltda.

CIP-BRASIL. CATALOGAÇÃO NA PUBLICAÇÃO
SINDICATO NACIONAL DOS EDITORES DE LIVROS, RJ

C781
    Contos em trânsito: antologia da narrativa argentina / Hebe Uhart et. al. – 1. ed. – Rio de Janeiro: Objetiva, 2014.

    268p.   ISBN 978-85-7962-299-1

    1. Conto argentino. I. Uhart, Hebe.

14-09602   CDD: 869.99323
                            CDU: 821.134.2(81)-3

Sumário

Introdução 7

Leonor
Hebe Uhart 9

Cabine dupla
Manuel Soriano 33

A noite do Anjo
Sylvia Iparraguirre 55

Aspectos da vida de Enzatti
Marcelo Cohen 65

Lixo para as galinhas
Claudia Piñeiro 101

Um parente distante
Héctor Tizón 107

Nadar nas profundezas
Pablo Ramos 141

Felicidade
Alejandra Laurencich 163

Confissões num elevador
    Inés Fernández Moreno 171

O cachorro velho
    Inés Garland 187

Ninguém dava nada por Achával
    Eduardo Sacheri 195

Dois fiozinhos de sangue
    Fogwill 219

Delicadeza
    Liliana Heker 237

A mãe de Ernesto
    Abelardo Castillo 251

Os autores 263

Introdução

Este livro não nasceu sozinho, mas sim do intercâmbio entre dois agentes complementares da narrativa de nosso continente: a literatura brasileira e a literatura argentina. Gesto de assentimento mútuo e de tradução recíproca, espelho em que cada uma das tradições se contempla em outras cores — outro idioma, outras experiências de sensibilidade —, os frutos desse intercâmbio são dois livros, publicados simultaneamente pela Alfaguara de um lado e de outro da fronteira. Para isso, cada editora lançou mão de um extenso e paciente trabalho prévio de semeadura: elas reuniram sob um mesmo selo, durante as últimas décadas, autores contemporâneos representativos e fecundos de ambas as culturas.

Do variado e prolífico universo criativo da língua irmã, cada editora publica uma seleção de quatorze relatos escritos por influentes narradores de seu catálogo: *Contos em trânsito — Antologia da narrativa argentina* e *Cuentos en tránsito — Antología de narrativa brasileña* vêm à luz ao mesmo tempo, em Buenos Aires e no Rio de Janeiro, para celebrar uma amizade e dar conta da riqueza conformada por suas notáveis singularidades.

Os relatos que integram esta edição de *Contos em trânsito* trazem um retrato amplo da Argentina e de suas diferentes vozes. Desde a migração para a capital, a formação das periferias e as relações desconfiadas da metrópole, até o caminho de ligação entre Argentina e Brasil, diversas facetas da cultura argentina estão presentes neste livro.

Com um conjunto de autores que abarca diferentes gerações, pode-se perceber uma gama ampla de preocupações e temas. Aqui, estratégias narrativas diversas, musicalidades próprias e sensibilidades distintas se juntam em um mosaico inquietante do nosso país vizinho. Contudo, não é possível esquecer que todos esses ingredientes estão subordinados a um único denominador comum: o prazer da leitura.

Os editores

Leonor

Hebe Uhart

Quando Leonor era menina, sua mãe fazia almôndegas de farinha de mandioca. As almôndegas de farinha de mandioca são duras como se tivessem chumbo, secas como se fossem de areia e malignamente compactas. Se a gente as come quando está triste, parece que come um páramo; se a gente está alegre, essa bola marrom sem nada de gordura é um alimento merecido e revigorante.

Leonor cresceu e chegou aos dezoito anos. Sua mãe lhe disse:

— Filha, você deve se casar. Quando uma mulher se casa, lhe dão uma caderneta, o homem traz pão branco e sapatos de salto alto. Depois que se casar com aquele polaco, traga uns brincos para a *mamita*.

Leonor disse:

— Sim, mãe, mas o polaco é muito grande.

O polaco media quase dois metros; arrancava erva daninha o dia inteiro e aos domingos não ia ao baile, trabalhava.

— E daí? — disse a mãe.

— Claro, mãe — disse Leonor. — Eu caso, mas tenho vergonha de falar na frente dele.

A mãe lhe disse:

— A vergonha depois vai embora, e ele afinal nem fala. Você fala para ele: "Quer um prato de feijão?" E um dia comem feijão, outro dia pão de farinha branca, e ele fica contente porque a minha filhinha é muito boa. Você sempre sorridente, não o contrarie e ele vai se amansar e vai falar. Agora, nunca o provoque, pois ele maneja bastante a enxada e a pá.

A festa de casamento foi bonita. Ele deu de presente a Leonor um par de sapatos de salto alto e um vestido vermelho. Leonor não caminhava muito bem com esses sapatos, e ele notou vagamente que ela não estava confortável e foi se sentar com ela. Sentados, observaram toda a festa, e as pessoas vinham cumprimentá-los; mas, na verdade, os protagonistas dessa festa tão alegre eram os músicos. Alguém tinha convidado músicos de outro povoado; não eram pessoas da região. Por instantes Leonor pensou: "Toda esta festa é pelo casamento, porque é um dia importante." Por instantes se esquecia, escutava a música e dançava como se fosse visita.

Na festa a mãe estava calma e sossegada: descansava. Depois que se casou, Leonor foi visitar a mãe, levou-lhe os brincos e um pouco de pão branco. Quando estava saindo, hesitou e disse:

— Mãe...
— Que, filhinha?
— O polaquinho é muito bom, mas eu tenho medo dele.
— Falhou com você, levantou-lhe a mão, filhinha?
— Não, mãe, mas fala uma língua estranha quando está no meio das plantas e, se eu lhe pergunto alguma

coisa quando está falando desse jeito, me olha com fúria. Então às vezes não sei quando falar com ele.

A mãe pensou e pensou e depois disse:

— Talvez um mau espírito tenha se apossado dele. Vamos na Isolina.

Isolina perguntou:

— Ao lado de que planta ele fala?

Leonor, surpreendida pela pergunta, feita em tom imperioso, não soube responder bem ao que lhe perguntavam.

Isolina disse que de qualquer maneira não era um espírito muito mau nem perigoso, era um espírito resistente. Era preciso ter paciência até que fosse embora; ela podia mandar um espírito oposto para neutralizá-lo, mas havia o perigo de que o espírito resistente se assustasse e isso seria grave. Aconselhava prudência e esperar, para ver melhor como se manifestava.

Mas Leonor saiu descontente porque não conseguia falar bem, não tinha se expressado bem, lhe faltavam as palavras. Aconteciam-lhe muitas coisas que não podia contar à mãe; da sua casa, todos os sábados, se ouvia a música de um baile e ela sentia que os pés iam para lá e, depois que fazia suas tarefas e limpava tudo, se aproximava caminhando um pouquinho para ouvir essa música e ver de longe as pessoas.

Quando teve os meninos, se esqueceu do marido e até da *mamita*. Gostava muito das crianças; gostava de olhar como caminhavam, ver os pés pequenos que tinham e nunca bateu neles.

Quando se passavam alguns dias sem que fosse visitar a mãe, esta dizia:

— Filhinha, não dê tanto mimo aos meninos.

— Está bem, mãe — dizia Leonor.

Mas pensava: "A mãe está um pouco ciumenta, talvez."

Quando Hugo fez cinco anos, acompanhava-a a buscar lenha e lhe dizia:

— Não pise aí, mamãe.

E queria levar sozinho um monte de lenha. Quando os pequenos dormiam, dizia a Hugo:

— Vamos até a estrada, Hugo?

E Hugo a acompanhava até a estrada; perto da estrada passava algum automóvel e, às vezes, algum conhecido. Ficavam um pouco e Hugo dizia:

— Vamos voltar, mamãe, faz frio.

— Sim, filho — dizia ela.

Quando Hugo fez oito anos e María seis, Leonor quis mandá-los à escola. Antes não se podia porque mandar só o Hugo não era rentável; Hugo trabalhava com o pai, enquanto María não fazia nada. Mas se Hugo e María fossem juntos se cumpriam duas funções: Hugo aprendia e acompanhava a irmã. Mas o pai tinha outra teoria: esperar um pouco mais até que fosse a terceira. Quando ele expôs sua teoria, Leonor levantou a voz, olhou-o com fúria e disse:

— A escola é instrução!

Hugo disse:

— Quero ir à escola.

O pai ficou muito nervoso, brilhavam-lhe os olhos e foi buscar a enxada balbuciando coisas incompreensíveis; fora, deu alguns golpes com a enxada e, quando voltou, começou a tomar vinho. Desde então, à noite, depois de

Leonor

trabalhar, tomava alguns copos de vinho. Hugo desenhava uma vaca no seu caderno e se esmerava para que se parecesse com a vaca verdadeira. Leonor a olhava e dizia:

— Você fez muito bem.

Mas o que ela mais gostava eram os versos que ensinavam a María. À noite, quando terminavam de comer, María recitava:

La casita del hornero
tiene sala y tiene alcoba,
limpia está con todo esmero
*aunque en ella no hay escoba.**

E mandou logo a terceira à escola, porque ela adorava a instrução.

O pai foi se afastando cada vez mais, como se não lhe importasse nada. Só vinha na hora de comer.

Quando Hugo fez quinze anos, disse a Leonor:

— Mamãe, quero ir trabalhar em Buenos Aires, aqui não tem emprego.

— Certo, filhinho, se for pelo seu bem e pelo nosso, está bem.

O pai não disse nada sobre a ida de Hugo. A avó se assustou um pouco de que partisse e disse a Leonor:

— Muito mimo para esse menino, filha.

Leonor se impacientou e respondeu:

— Não é muito mimo, mãe, o Hugo vai trabalhar lá; ele é sério.

---

* A casinha do joão-de-barro / tem sala e tem quarto, / limpa está com todo capricho / embora nela não haja vassoura.

E antes que partisse, Leonor lavou e engomou bem a roupa que ele tinha, conseguiu uma mala emprestada, e lhe deram de presente um lencinho vermelho para que Hugo agasalhasse o pescoço. Depois lhe disse:

— Filhinho, você vai pelo seu bem e pelo nosso. Não ande em más companhias, você sempre trabalhando e de boas maneiras, sem passar por cima de ninguém. Entendeu, filho?

— Já sei, mamãe — disse Hugo.

Como um homem, pegou sua mala e não quis que ninguém o acompanhasse à estação. Ninguém chorou porque ele ia embora; certamente ia voltar ou eles iriam aonde ele estivesse. Hugo achou que era melhor que ninguém tivesse ido se despedir; quem sabe se não teria chorado.

Nos primeiros dias em que chegou à cidade ficava sempre tonto, mas pensou: "Tenho que aguentar uns seis meses e vou me acostumar." Um colega do trabalho lhe mostrou o porteiro eletrônico; uma mulher, o elevador. Num sábado à noite saiu com outro rapaz e andaram de metrô pela primeira vez, pelo escuro. Era terrível mas emocionante ao mesmo tempo.

Alguns dias depois que Hugo foi embora, passou pela casa de Leonor um turco com uma mala vendendo lenços, pentes, caixinhas e bibelôs. Esse turco não ia a pé, ia em um carro e do carro ia tirando tudo e mostrando: xícaras, vasinhos, floreiros, guardanapos. Tinha umas xicrinhas floridas, muito lindas.

— Estas são do Japão — disse o turco.

— De onde? — disse Leonor.

— Do Japão — disse o turco com naturalidade. — Trazidas de lá.

— Claro, do Japão, mamãe — disse María, irritada porque a mãe não sabia de onde eram.

E Leonor enlouqueceu e comprou xicrinhas, lenços e tudo o que gostou.

— Não compre tanto, mamãe, o papai vai se zangar.

— Não vamos lhe dizer nada — disse Leonor, que estava feliz.

Neste instante María pegou raiva da mãe; o motivo, ou os motivos, era difuso, mas havia vários; o turco sabia mais que Leonor; era como se fosse mais sábio e respeitável; ela comprava precipitadamente, sem parar para pensar, tudo o que o turco queria lhe vender, e finalmente grande parte da raiva se devia a tê-la visto feliz, alegre de um modo insuportável para o seu gosto. Então contou ao pai o que Leonor tinha comprado; o pai começou a olhar com cara ameaçadora. Leonor, que não se deu conta de nada, olhou-o e pensou:

— Puxa!

E ele tomou vários copos de vinho e foi dormir.

Nessa semana tiveram novidades: veio o turco e veio carta de Hugo. Ele sempre soube escrever bem. A carta dizia assim:

Querida mãe e irmãos:

Espero que estejam bem aí, eu estou bem em Buenos Aires. Mamãe, lhe direi uma coisa, dê a manta marrom para a avó porque já há outra que eu estou mandando para aí, e, outra coisa, estou mandando também um vestido para a Pili, que o use para ir ao centro, da María não sei acertar as medidas, depois vejo. Que escreva María se o nenê vai à escola e que o controle. Eu vou em dezembro, mas quero estar informado das coisas daí. Lembranças ao papai.

Hugo Bilik

A avó não entendia mais nada. Ninguém a consultava; nessa casa havia movimentos e acontecimentos que não entendia, nessa casa as coisas não eram como devem ser. Não, não se deve dar aos filhos mais instrução do que a gente recebeu; depois os filhos passam por cima da gente. Sem ir muito longe, o filho da Isolina compra jornal e o lê na frente da própria mãe. E as meninas, pior. As meninas, com toda essa instrução, se acostumam a olhar os homens na cara, se acostumam a falar com eles, assim sem mais, e depois dizem coisas que não são de menina, se ouve cada coisa na boca de uma menina agora que antes não se sabia o que era.

Leonor começou a criar frangos para vender na estrada; o mais novo a acompanhava. Pela estrada agora passavam mais pessoas e mais carros; ela se acostumou a lidar com as pessoas dos carros e às vezes lhe pagavam bem.

Quando juntou um pouco de dinheiro, disse ao marido:

— Vou uns dias a Buenos Aires visitar Hugo; volto logo.

Ele disse:

— Faça o que quiser. Eu fico por aqui.

Viu-o tão amargurado, tão triste, tão fechado que lhe disse:

Leonor

— Mas só vou e volto.
— Faça o que quiser — disse ele.
E não disse mais nada.

O mais novo ficou com a avó; María e Pili tinham sapatilhas novíssimas para a viagem. Levaram alguns pratos, alguma roupa e muita comida para comer no trem.

Se adorava a instrução, Leonor adorou mais a viagem: o trem inteiro era uma festa; as pessoas tocavam acordeão; em outro assento, vários tomavam mate e contavam piadas. Mais à frente alguns homens jogavam cartas sobre uma mala.

Quando chegou a noite, começou a sentir frio, fazia muito frio nesse trem. A mulher que estava sentada diante delas, que as tinha convidado para um mate, disse-lhe:

— Você não trouxe mantas?
— Não, senhora, por quê? — disse Leonor.
— Porque no trem faz frio e precisará se agasalhar.
— Ah... — disse Leonor, desconcertada.
— Espere um momento, senhora — disse. Abriu a mala e deu um pulôver para cada menina e para ela uma espécie de manta tecida, muito quente, de cor violeta. Pili dormiu em seguida; María olhava para Leonor e para a mulher que parecia grávida. Finalmente, as duas meninas dormiram profundamente, uma encostada na outra. Depois desse primeiro sono profundo, ficaram meio cochilando. Então um homem que andava caminhando de noite pelo trem enquanto os outros dormiam ou conversavam baixinho passou e tocou Pili. Pili se sobressaltou; pareceu-lhe que era um homem, mas não sa-

bia se tinha sonhado, se era um gato ou ela mesma que esbarrava no assento; se assustou um pouco e foi dormir na saia de Leonor.

De manhã cedo quando começava a clarear, muitos despertaram e estavam preparando o mate; dentro do trem parecia uma casa, mas fora a luz não era como no Chaco. Lá o sol saía e imediatamente tudo se enchia com seus reflexos; aqui, da janela, se via um sol grande no horizonte, que prudentemente ia iluminando a planície.

Quando foi clareando, embora tudo ainda fosse mato, havia sinais de algo diferente: pontes por todos os lados, grandes estruturas de ferro, automóveis que se cruzavam se ignorando, enormes cartazes de propaganda de cigarros e cerveja.

Quando se fez totalmente dia, quase todos estavam ocupados. Trocavam coisas das malas, desembarcavam sacolas, todos entraram em movimento. Leonor não sabia a quem perguntar como podia chegar onde Hugo morava, "Entre El Zorzal e Jorge Newbery, Paso del Rey". O único que caminhava por todo o trem era o homem que tinha tocado Pili; ele parecia não ter nenhuma mala para arrumar. Leonor lhe perguntou; não sabia, mas andou por todo o trem, perguntou e lhe explicou. Chegou depois de perguntar umas dez vezes.

Quando Hugo viu Leonor e as duas irmãs vindo, as duas grandalhonas de sapatilhas, não se espantou. Sentiu pena e vergonha, o que os vizinhos iriam dizer se as vissem; também estava envergonhado da sua própria vergonha. Encontrou-as na rua, meio perdidas, e Leonor se jogou em cima dele como se tivesse encontrado o céu. Ele disse, com voz neutra:

— Oi, mamãe, acabaram de chegar?
— É, filho — disse Leonor desconcertada, porque achou Hugo estranho. Este voltou a perguntar:
— E só com esta malinha?
— Viemos só para lhe visitar, filho. — Deu uma olhada em volta e sorriu. — E para ver Buenos Aires, que é tão linda.

Onde Hugo estava não era exatamente Buenos Aires; era um lugar de casinhas baixas com terrenos baldios, por aqui um pomar, mais além uma carroça com seu cavalo, e com uma estrada cheia de carros e de grandes veículos que diziam: Transportes "Goya", Ônibus "Rápido Goya Buenos Aires", "Transporte de Substâncias Alimentícias".

Quando entraram na casa, Hugo mudou. Ficou mais carinhoso, mais simpático, o Hugo de sempre. As meninas estavam abobadas, quietas com suas sapatilhas novas; não conseguiam sentar. Ali estava sua mãe, com apenas uma mala, com certeza sem dinheiro e as meninas como dois pardais esperando que lhes deem de comer. Ficou calado. Não sabia se desafiar a mãe, lhe dizer por que tinha chegado assim, abraçá-la, beijá-la. Leonor disse em seguida, olhando pela janela um terreno com paus e canos soltos amontoados:

— Este terreno é da casa, filho?
— Não, mamãe. Eu alugo somente esta parte.

Leonor quis cozinhar em seguida. Tinha trazido um fogareiro, mas Hugo lhe disse:

— Não, mamãe, o fogão está aqui.

A gente acendia um fósforo nesse fogão e o fogão acendia. Era uma maravilha essa casa do Hugo. Tinha esponja, saponáceo, camas-beliche em que um fica acima do outro e se sobe por uma escadinha, e uma lanterna e uma bicicleta.

— Ai, filho, que lindo! — disse Leonor.

— Sim, mamãe — disse Hugo, mas não muito efusivo.

As meninas estavam como na casa de um paxá. Hugo saiu; outra vez parecia preocupado. Voltou com um rapaz e o apresentou; chamava-se Antonio. Leonor notou que Antonio tinha uma voz um pouco rouca e um sotaque estranho. Disse:

— Muito prazer, senhora, muito prazer, menina.

Mas quando terminava a palavra "senhora", a frase não se fechava, como se esperasse alguma coisa. Hugo, com voz aparentemente calma mas de ira contida, disse:

— Poderia me emprestar um colchão?

— Mas claro, rapaz — disse Antonio. — Como não!

Em tom de recriminação melodramática, com aquela voz rouca.

— Obrigado — disse Hugo. Riu um pouquinho, se recompôs, fez piadas com Antonio enquanto trazia o colchão.

Leonor estava admirada diante de Antonio. Como falava bem o portenho! Seria portenho?

— Hugo, seu amigo é portenho?

— Não — disse Hugo. — Mas veio bem criança.

— Por isso fala tão bem o portenho! — disse Leonor.

Buenos Aires era fascinante.

* * *

Leonor

Um dia Leonor estava com as duas meninas e lhes disse:

— Filhinhas, vocês precisam se casar.

— Sim, mamãe — respondeu Pili —, mas os rapazes daqui não são como os do Chaco. Acho que aqui dizem uma coisa e pensam outra. Lá a gente olhava para eles e sabia o que pensavam.

Leonor achou muita graça no que ela disse e colocou a grandalhona no colo.

María disse:

— São iguais aqui, lá e em todo lugar. É claro — acrescentou com ironia —, você se lembra da história da Torre...

Pili não disse nada. Leonor, com ela sentada na saia, lhe perguntou:

— E o Antonio, não gosta dele?

Pili disse:

— Gosto, mamãe, mas...

Então Leonor a penteou com os dedos, foi colocando seu cabelo para trás e lhe disse:

— Antonio é bom, lhe digo que é bom.

Então Pili ficou parada e calada um pouquinho e saiu parecendo calma e descansada.

María voltou a dizer:

— São iguais em todo lugar.

María começou a namorar, mas de forma estranha. Aquele rapaz começou a cortejá-la assim:

— Você está gorda. O casaco não entra.

E ela respondeu:

— E você, por que não olha para o seu cabelo que parece uma escova de arame?

Toda vez que ele dizia alguma coisa, María respondia:

— Sim, sim, só porque você quer.

De vez em quando ele dizia:

— Não me encha tanto que quando você menos imaginar lhe deixo e...

E ela respondia:

— Sim, vai falando, só vai falando, que vai lhe custar caro.

No início, quando os viam brigar assim, todos achavam que estavam enfeitiçados; depois achavam graça e por último se acostumaram a isso como a uma coisa perfeitamente natural. Era um casal indestrutível.

Leonor saiu para comprar um vestido em um destes dias em que os astros estão favoráveis para comprar roupa. Nestes dias, a gente olha a vitrine e diz:

— Isto é para mim.

E a gente sabe que vai ficar bem; mais, sabe que foi feito pensando na gente e pressente que vai gostar deste vestido. Quando os astros nos mandam hesitações, comparamos a textura, a cor, a forma e olhamos tudo atravessado.

Voltou para casa com o vestido no corpo. Comparado com o novo, o vestido velho, murcho e triste parecia dizer: "Você nunca mais vai me querer."

Era sábado à noite. María tinha ido ao Chaco por alguns dias. Hugo estava penteado, arrumado, barbeado.

— Vou dançar um pouco, mamãe — disse Hugo, sério.

— Ah... — disse Leonor.

Estava sozinha. Pili tinha ido dançar com Antonio em outro lugar. Ela ia se casar com ele.

— Está bem, claro — disse Leonor —, vá dançar.

Mas era triste ficar com o vestido novo em casa. Hugo, em um ímpeto de decisão e displicência, disse:

— Bem, então vamos ao baile.

E ela ficou contente e foi ao baile. Primeiro dançou uma *cumbia* com Hugo. Depois pensou: "Agora vou olhar." Quando estava olhando tudo, admirada, um loiro, de olhos celestes, mais jovem que ela, teria uns trinta e quatro anos, se aproximou. Por que a teria tirado para dançar? Fazia muito tempo que ela não dançava.

Ele lhe perguntou:

— Você dança com menininhos?

— Não — disse Leonor sorrindo, orgulhosa —, ele é meu filho.

Ele parecia portenho, mas com uma voz mais firme, não rouca como a de Antonio. Contou-lhe que era filho de franceses. Leonor achava que os franceses tinham muito dinheiro.

Não era portenho, era de Neuquén, mas realmente falava muito bem o portenho. Via-se que era um rapaz prudente, não era de passar por cima de ninguém; era gastrônomo. Quando lhe perguntou se ela dançava com menininhos, o fez com certa ironia prudente, como se fosse uma coisa ligeiramente engraçada, mas também como se fosse factível, sem muito espanto, mas ao mesmo tempo como se tivesse algum direito sobre ela. Um direito prudente, digamos.

Contou que sua família era rica e poderosa; é claro, pensou Leonor, sendo franceses, só podia ser assim. Mas ele tinha brigado com eles, um dia iria ao sul, para reclamar sua parte da herança. Enquanto isso, era gastrônomo. Leonor perguntou:

— O que é gastrônomo?

— Pessoal de restaurante, pizzaria e todas estas coisas.

Era realmente importante. E dançou a noite inteira com ele. Não conseguia dizer "não" a essa voz que, sem gritar, exercia algum domínio sobre ela. Não era como a voz de Hugo, que ela ouvia como se fosse parte de si mesma; era uma coisa que vinha de fora. A princípio pensou em por que a teria escolhido, mas quando começou a dançar com ele tudo era natural.

Hugo se aproximou da mesa com uma moça que não era do bairro e lhe disse:

— Mamãe, hoje não vou para casa porque daqui vamos para outro baile. Quer que a acompanhe até em casa?

— Não, filho, está bem, podem ir.

Afinal tudo o que Hugo fazia estava bem.

Quando o viu caminhar alguns passos, logo se deu conta de que estava com uma moça desconhecida e que os dois iam com jeito muito decidido, mas teve um registro remoto de tudo isso e lhe disse, com voz estranha, meio dura, que ela habitualmente não tinha:

— Agasalhe-se.

Hugo deu meia-volta, desconcertado primeiro, como se ela não estivesse falando com ele e, quando captou a mensagem, foi embora rindo. O loiro observava tudo isso, calmo. Quando o baile terminou, Leonor o levou para casa. E assim foi ficando; morava um pouco ali e outro pouco na casa dele.

Leonor

Aos domingos, quando ela estava dormindo, ele a procurava e chamava. Dizia-lhe:
— Loli!
Porque era assim que ele a chamava; depois cozinhava e preparava coquetéis porque era gastrônomo.
Um dia lhe disse sobre María:
— Como sua filha mais velha é malvada!
E Leonor não disse nada. Vá saber por que diria.
Ele bebia um pouco de vinho, mas não fazia mal a ninguém. Um dia María disse a Leonor:
— Bebe vinho e é muito novo para você.
Com Hugo se dava bem. Hugo tinha se casado. Os dois faziam brincadeiras, e era como se tivesse outro filho na casa. Uma vez María encarou o loiro e lhe disse:
— Se mande. Não pode ficar incomodando a minha mamãe.
Ele não lhe disse nada. Voltou a dizer a Leonor:
— Como sua filha mais velha é malvada!
Leonor pensou, sem dar ouvidos: "Vai saber por que acha que é malvada."
E não dava importância ao que ele dizia. Ela estava contente e tudo lhe parecia normal. Com ele teve uma menina, que saiu crioula loira, com a pele cor de serragem. Todos os mais velhos tinham casado, e a mimaram muito.
Quando o namorado de Leonor estava, tudo era brincadeira e alegria. Ele fazia comidas gostosas, preparava coquetéis e, aos domingos, quando todos se reuniam, era uma festa. Mas, quando os filhos iam embora, ficavam sozinhos nos domingos pela manhã; Leonor ficava na cama e ele ia fazer as compras. Ela dormia con-

fiante e, quando começava a acordar, ele tinha trazido tudo e começava a cozinhar. Falava com ela da cozinha e ela continuava um bom tempo na cama.

Num sábado ele lhe disse:

— Amanhã não venho porque vou ao futebol.

Leonor disse, espantada:

— Mas você nunca foi ao futebol antes.

— Bom — disse —, mas agora tenho que ir ao futebol. Vou para ver o Perfumo. Está vendo? É este — disse. E o mostrou. — Perfumo bate uma falta e sempre faz gol.

— Ah! — disse Leonor.

Depois começou a ir ao futebol todos os sábados, e ela lhe disse, de brincadeira e rindo:

— Você sempre vai ao jogo e não vem me ver!

Ele abriu o jornal e lhe mostrou:

— Olhe quanta gente vai ao jogo.

Era verdade. Havia uma quantidade impressionante de gente que ia ao jogo. Se tanta gente ia, por que ele não? Na semana seguinte disse:

— Este fim de semana vou a Rosário, porque o Perfumo joga.

Ela ouviu o jogo, que foi transmitido de Rosário, pelo rádio, e pensava: "Ele está lá."

Quando voltou de Rosário, passou uma tarde conversando com Hugo sobre cobranças de pênaltis, pontas esquerdas e chutes a gol.

Um dia, em que estavam brincando como sempre, ele de repente disse:

— Talvez eu vá embora.

E Leonor disse:

— É claro que vai — lhe dando corda, como se fosse uma brincadeira.

Mas sentiu um sobressalto, como um sentimento de antecipação; não ligou para isso. No dia seguinte ele não veio; no outro, também não. Ela o buscava pela casa e não estava. Quando María vinha, a olhava como se soubesse de alguma coisa; María fazia uma cara impecável, de não ter nada com isso. Agora brigava um pouco com María sem saber por que e María não oferecia nenhuma resistência, aguentava, calma, paciente.

Leonor sempre pensava: "Esta noite vai vir." E o esperava. Ela não chorou porque ele foi embora, mas buscava-o pela casa o dia inteiro; buscava-o no banheiro e à noite buscava-o na cama. Às vezes lhe parecia que vinha; mas não, não era ele. Às vezes dizia:

— Alguma vez terá que voltar.

Também achava que se pensasse muito nele ele iria voltar. Mas ele não voltava. Quando passaram três anos desde que ele foi embora, ela disse:

— Devo esquecer, mesmo que seja à força.

Então se empregou para fazer trabalhos domésticos em muitas casas; trabalhava das oito da manhã às oito da noite, sem parar. Isso lhe fazia bem porque assim se cansava bastante e à noite adormecia logo, sem ter no que pensar.

Ficava tão cansada que não pensava em nada. Contou a história para uma mulher cuja casa limpava e esta lhe disse:

— Mas, se sua filha não gostava dele, você deveria ficar com ele afastado, em outro lugar.

— Ah... — disse Leonor.

Mas não entendeu bem como poderia ter feito isso. Depois a mulher lhe disse:

— Não tinha o endereço dele?

— Não — disse Leonor. — Ele deve ter ido a Neuquén, reclamar sua parte da casa, vai saber onde anda.

Não, já não ia voltar. Ela pensa nele da mesma maneira, mas trabalhando se sente melhor do que sem fazer nada. Agora tem cinco netos e a menina mais nova. A menina, que é crioula loira, é totalmente mimada. Um fotógrafo ambulante tirou dez fotos suas coloridas ao lado da casa nova, de alvenaria, que Leonor está construindo.

Sandra, assim se chama, é louca por dança; quer chegar a ser uma grande bailarina, como Rafaela Carrá. Um dia Sandra perguntou à sua mãe se não havia uma escola onde se estudasse para ser artista, para ser como Rafaela Carrá. Leonor perguntou a essa mulher em quem tem confiança e a mulher lhe disse:

— Mas para ser vedete também precisa ser instruída, ela deve fazer o curso secundário e estudar idiomas.

Então Leonor lhe comprou um manual novo, para que se instrua; mas também as botas para dançar como Rafaela Carrá. Porque essa cantora é italiana, dança com botas e canta: "Festa, que fantástica é a festa" com uma energia que beira a ferocidade.

Sandra sabe imitar perfeitamente todos os movimentos de Rafaela Carrá; mas, ao não ter sua energia, seus movimentos se rarefazem e ficam mais lentos; toda a dança de Sandra se torna um capricho curioso, sem destinatário. Também canta. Quando canta "festa, que fantástica é a festa", o faz com uma voz agradável mas sem matizes, preocupando-se em conciliar seu canto com sua dança. Além disso, sua vozinha soa mortiça, como se não acreditasse nos sinais de exclamação, nem nos processos, que implicam começo, meio e fim.

Leonor a olha enternecida, olha as belas botas que tem, que graças a Deus conseguiu comprar, o bonito pulôver e o cabelo loiro que Sandra aprendeu a cuidar.

Já tem onze anos e dentro de pouco não vai lhe bastar que Leonor a olhe enternecida; vai querer que sua dança seja para outros. Talvez lhe falte convicção para abrigar seus próprios sonhos; porque os sonhos, como a expressão indica, precisam de alguém que os abrigue, que cuide deles. E tomara que Sandra encontre quem a ajude a fazer isso.

Tradução de Maria Alzira Brum Lemos

Cabine dupla

Manuel Soriano

Cruzaram a fronteira e caminharam. Seguiram a estrada até achar um posto de gasolina. O cheiro intenso de álcool fez com que se sentissem no Brasil. "Bem-vindo", disse ela, em português mesmo, e sorriram. Triana e Koch inspiraram profundamente pelo nariz e soltaram o ar pela boca. Deixaram-se invadir pelas lembranças da viagem anterior. Gratas e calorentas lembranças. Já era de tardinha e umas poucas nuvens cobriam o sol, mas a temperatura se mantinha bem acima dos trinta graus. Koch comprou duas latas de Skol na loja de conveniência. Brindaram, fazendo soar o metal das latas antes de dar o primeiro gole. A cerveja, gelada e leve, ajudou a apaziguar o calor da caminhada.

Não ergueram o dedão na estrada para pedir carona. A experiência havia mostrado que é mais eficaz usar a boca. Por isso haviam ido até o posto. O destino final era Imbituba, uma vila de pescadores no litoral sul de Santa Catarina, mas qualquer carona em direção ao norte servia. Enquanto tomavam as cervejas, analisaram os candidatos. Descartaram os veículos lotados de famílias e os carros pequenos com placa uruguaia ou do Rio Grande do Sul. Ao invés disso, escolheram uma picape Nissan cabine dupla que levava na caçamba uma pilha grande de sacos de ração para cachorro.

Triana era a encarregada de fazer o pedido, porque falava português fluentemente e, além do mais, era simpática e bonita. Quando se aproximou da picape, notou que a placa era de São Paulo e que o motorista tinha parado para esticar as pernas. Era um homem de estatura mediana, robusto, de cabeça raspada e pele escura, como que suja. Usava chinelo de dedo, calça preta de futebol e uma regata verde. No fundo, Triana tinha consciência do seu talento para pedir carona, e exercer esse discreto poder era algo que a divertia. Encarou o homem e falou sem timidez:

— Vamos para Florianópolis — disse, e sua voz era inocente e bela. — Dá uma carona?

O homem mediu Triana de cima a baixo e depois olhou para Koch, que já se aproximava. Disse que sim, que podia levá-los até Porto Alegre, se isso servia de alguma coisa. Depois, juntou as mãos como quem vai rezar e elevou os braços acima da cabeça, girando o tronco para os lados. Repetiu o exercício várias vezes, espreguiçando-se como um gato. Essa foi a imagem que ficou na cabeça de Triana: como um gato, ele se move como um gato. O homem sentiu o olhar e explicou:

— É para relaxar a coluna. Muy bueno — seu castelhano, apesar de abrasileirado, era correto.

Triana imitou os movimentos do homem e, ao levantar os braços, deixou à mostra a pele branca da cintura e a perfeição do seu umbigo.

— Quando eu era dançarina, fazia um exercício parecido para soltar o corpo — disse Triana, olhando o homem.

O motorista falou seu nome e estendeu a mão direita: primeiro para Koch, firme, depois para Triana, aliviando a força. Subiram na picape, os dois homens nos assentos da frente, a mulher e as mochilas no de trás, e pegaram a estrada em direção ao norte. Mal subiram, sentiram o cheiro de ração de cachorro. Era um odor espesso, quase corpóreo. O piso do banco traseiro estava forrado de sacos de ração. Triana tirou as sandálias e apoiou os pés em um saco. Pôde sentir, com os dedos, as pequenas esferas de alimento balanceado.

O homem acelerou até chegar a cento e vinte por hora e ligou o rádio: tocavam sambas e pagodes, músicas melosas que Triana e Koch desconheciam, apesar de considerarem-se experts em MPB. Já o homem conhecia todas e batucava suavemente o volante, cantando alguns refrões. Durante um bom tempo viajaram sem falar. Koch odiava o falatório rotineiro que costuma acontecer em situações como essa. "Se o motorista não fala, é porque não quer", havia dito a Triana mais de uma vez. Koch fixou o olhar na estrada, largou o corpo magrelo na poltrona, coçou a barba de dez dias e tratou de não pensar em nada.

Sobre o painel da picape havia um altar montado. A atenção de Koch recaía constantemente sobre aquela espécie de oferenda: quatro virgens de cerâmica, um rosário de madeira pendendo do espelho retrovisor. Koch olhou as virgens: duas delas estavam de frente para a estrada, as outras duas, encarando os passageiros. Sentiu-se intimidado. Fechou os olhos e imaginou algo terrível: um choque de frente contra um caminhão, o som do metal afundando, a morte em dois segundos. Koch levou a mão à fivela do cinto de segurança e testou sua resistência com um puxão dissimulado. Quando voltou a olhar as virgens, forçou um sorriso. "Sou médico. Um homem das ciências. Não posso me deixar levar por essas superstições", disse para si. Esticou o braço como se quisesse tocar uma das estatuetas, depois se arrependeu, deixando a mão na metade do caminho.

O homem o espiou de canto de olho.

— Quem anda na estrada deve andar em paz com Deus — disse.

O homem falava assim, como que desfiando aforismos. Fez o sinal da cruz e depois beijou a unha do polegar.

Outra vez, silêncio. Dessa vez, um vazio incômodo, rarefeito. Triana avançou o corpo, metendo a cabeça entre os assentos da frente como fazem as crianças ou os cães, e começou a falar de qualquer coisa. Contou ao homem que três anos atrás haviam feito essa mesma viagem, pedindo carona do Chuí até Imbituba, e que agora estavam repetindo o caminho.

— Como uma luna de miel — acrescentou Triana, pousando a mão no ombro de Koch.

O homem não disse nada, apenas assentiu para mostrar que havia escutado. Ajustou o espelho retrovisor para poder olhar Triana no rosto e sorriu. Tinha os dentes brancos e algumas coroas prateadas.

O homem dirigia com destreza, mas se arriscava demais na opinião de Koch. Ultrapassava os caminhões exigindo do motor nos trechos em que era proibido, devido a uma curva ou subida. Koch pensou em dizer algo, pedir mais precaução, mas não teve coragem.

Cabine dupla

Já era noite quando passaram Pelotas. A estrada era estreita e escura. O homem começou a ultrapassar um caminhão em uma subida acentuada, mas o caminhoneiro acelerou, como se não quisesse que o passassem. Koch viu uma luz se aproximando de frente. Olhou a virgem e se lembrou, como um trovão, do som do metal contra o metal.

— Cuidado! — gritou e se agarrou na alça do teto, fechando os olhos.

O homem acelerou e conseguiu passar o caminhão com tranquilidade, uns trinta metros antes de cruzar o carro que vinha de frente. Koch se afundou na poltrona, envergonhado.

— Calma, companheiro — disse o homem. — Passei a vida inteira na estrada.

Koch não disse nada. O homem voltou a falar, agora olhando Triana pelo retrovisor:

— Você sabe como medir a distância dos carros que vêm? — perguntou.

Triana fez que não com a cabeça.

— É fácil. Se você vê só uma luz, o carro está longe e dá pra passar. Se pode distinguir as duas luzes, o carro está perto e não dá pra passar.

Triana assentiu, assimilando a informação.

— E se for uma moto? — perguntou Koch, endireitando-se.

O homem se pôs a rir como ainda não tinha feito antes, e ao fazê-lo seu rosto mudou de expressão, como se tivesse virado outra pessoa. Era uma risada azeda e entrecortada, que brotava da sua garganta como leite vencido saindo aos borbotões da embalagem.

— Homem de moto é homem morto — disse por fim, e voltou a rir.

Era quase meia-noite quando chegaram a Camaquã. Três anos atrás também haviam parado nessa pequena cidade. Vinham com um casal de argentinos que viajavam até Florianópolis e pararam ali para almoçar em um bufê por quilo. Só que dessa vez o homem saiu da estrada e rumou para dentro, por uma ruazinha de terra, durante vários minutos. Parou em frente a um bar com meia dúzia de mesas amarelas de plástico dispostas na calçada. O homem desceu da picape num salto e cumprimentou a garçonete com um beijo em cada bochecha. Era uma mulata viçosa e risonha, de uns quarenta anos. O homem tomou-a pela cintura e afundou os dedos em sua carne descoberta. Triana pôde ver essa imagem: os dedos firmes incrustados na carne suave. Pareciam mãos de namorados entrelaçadas. O homem a apresentou:
— Monique, a rainha do Camaquã — disse, pegando-a pela mão e fazendo-a dar uma voltinha.
— Triana, a rainha de Montevidéu — disse Triana, continuando a brincadeira.
— Koch, o imperador de Buenos Aires — disse Koch, já com melhor humor.
Pediram cervejas e a especialidade da casa: hambúrgueres gigantescos acompanhados de fritas, feijão-preto e salada de tomate com alface. Depois de comer, pediram mais cerveja. A garçonete sentou à mesa, acenderam cigarros e conversaram. Monique quis saber como tinham se conhecido, o argentino e a uruguaia, e Triana

contou a história com todos os detalhes, como já havia feito centenas de vezes. Disse que três anos atrás haviam se encontrado em Punta del Diablo, uma cidadezinha na costa uruguaia a menos de cinquenta quilômetros da fronteira com o Brasil; que Koch tinha acabado de se formar em Medicina e estava viajando sozinho, de mochileiro, por toda a América Latina.

— Como o Che Guevara — disse o homem, e soltou sua risada entrecortada.

Triana continuou o relato animada, misturando castelhano e português.

— Em Punta del Diablo, pedimos carona e una pareja nos levou hasta Imbituba. Ficamos lá quase duas semanas... E, durante esse tempo, nos enamoramos. — Pousou sua mão na de Koch. — Agora estamos fazendo a mesma viagem: de Punta del Diablo a Imbituba.

Monique quis saber se tinham se casado. Triana demorou uns segundos e respondeu que não, mas que viviam juntos havia mais de dois anos em Buenos Aires.

— Koch trabaja num hospital e no consultório de su padre, eu trabajo numa loja de roupas — acrescentou.

— E não dança mais? — perguntou o homem.

— O quê?

— Não dança, não baila? Antes tinha dito que *era* dançarina. Não é mais?

— Todavía danço, sim, mas só por diversão — respondeu Triana e ergueu os braços, insinuando um passo de dança.

O homem se pôs de pé atleticamente e ligou o rádio da picape a todo o volume. Deixou a porta aberta, para que o som escapasse, e tirou Monique para dançar. Eram passos simples e graciosos: os corpos muito colados, quase se esfregando, ao compasso do forró. Triana e Koch ficaram sentados, olhando. Outra vez, Triana viu os dedos do homem afundados nas cadeiras da mulata. Levantou-se e tirou Koch para dançar. Ele carecia desse tipo de motricidade e por essa razão não gostava de dançar, mas acabou aceitando o convite e se moveu como pôde, tratando de passar despercebido. Monique olhava-os de relance e, quando a música terminou, quis ensinar-lhes os passos básicos do forró. Pediu licença para Triana e pegou Koch pela mão.

— Vou fazer a parte do homem — disse Monique, e mostrou os passos de quem deve conduzir a dança.

Começou outra música e dançaram aos tropeços. O homem aproveitou para se aproximar de Triana e convidá-la para dançar.

— Eu também vou fazer a parte do homem — sussurrou-lhe no ouvido.

Uma faixa de três centímetros de pele separava a saia da blusa de Triana, e nesse espaço o homem colocou a mão. Triana se deixou levar e dançaram o ritmo sem nenhuma dificuldade. No meio da dança, o homem moveu a mão do quadril até o meio das costas, bem no lugar onde nasce a coluna, e a deslizou suavemente por baixo do algodão da blusa. Deixou a mão firme e quieta e fez Triana sacudir ao ritmo da música. Ela suava, umas pequenas gotas percorriam suas costas e essa lubricidade favorecia o movimento. Por um segundo, Triana sentiu as unhas do homem afundando na carne das suas costas. Sentiu a pressão aumentar e aliviar, depois desaparecer por completo. Foi uma coisa breve, meio segundo, mas

Cabine dupla

essa sensação, das unhas na sua pele, permaneceu em Triana durante toda a música.

Por cima do ombro da mulata, Koch observava a dança do homem com sua mulher. Quando a música terminou, Monique aplaudiu com gritinhos de parabéns por terem aprendido tão rápido. Koch aproveitou a pausa para se aproximar de Triana e tomá-la pela cintura.

— Temos ótimos professores — disse Koch. Abraçou Triana por trás e lhe deu um beijo na boca.

— Hora de voltar para a estrada — disse o homem, de repente, olhando o relógio.

Koch insistiu em pagar a comida e as cervejas.

— Pelas aulas de dança e pela viagem — disse, para justificar, e os outros concordaram, agradecendo.

Triana pediu água quente para o mate e Monique foi até a cozinha, do outro lado de uma porta de madeira, levando consigo a garrafa térmica de metal.

— Já venho — disse o homem. Seguiu os passos de Monique e desapareceu atrás da porta de madeira.

Assim que subiram na picape, voltaram a sentir o cheiro de ração de cachorro. Triana se acomodou no banco do passageiro e começou a preparar o mate. Sempre era a encarregada de cevar. Os argentinos fazem um mate horrível, dizia, para alfinetar Koch. Triana, por sua vez, respeitava a rigorosa liturgia de cevar dos uruguaios. Koch se acomodou no banco de trás e deitou de lado, usando as mochilas como apoio. Estava cansado e queria chegar a Imbituba o quanto antes. Fechou os olhos e se imaginou deitado na praia, com um bom livro e uma cerveja nas mãos. Observou Triana preparando o mate. Pensou em dizer algo sobre a dança. Tinha visto a mão do cara por baixo da sua blusa. Imaginou as palavras: "Se divertiu dançando?", poderia perguntar, e ela captaria na hora o tom irônico, porque era uma discussão que já haviam tido mais de uma vez, quando ele a acompanhava nos salões de dança.

Koch reproduziu mentalmente o vaivém de palavras que se seguiria: ela diria que é uma dança, e em uma dança há contato físico, ele diria que há formas e formas de dançar, que ela é muito ingênua para essas coisas, que os caras só pensam em trepar, e então ela se ofenderia, diria que ele é um retrógrado e um imbecil, e assim passariam horas sem se falar. Exausto pelo exercício mental, Koch voltou a apoiar a cabeça na mochila, soltou um suspiro carregado e decidiu não dizer nada.

Um ano atrás, Koch havia tido uma pequena aventura com uma colega do hospital. Foi coisa de uma noite, durante um plantão noturno, mas a moça começou a mandar mensagens de texto para seu celular e Triana percebeu. Koch negou o romance, disse que era só uma louca que o perseguia, mas a dúvida continuou lá, inabalável. Desde então, Koch suportava seu ciúme em silêncio, sem dizer uma palavra, por medo de que a discussão se voltasse contra ele.

Passaram-se dez minutos e o homem não aparecia.

— Onde está esse pelotudo? — perguntou Koch, ajeitando-se no banco.

— Será que estão mandando ver na cozinha? — perguntou Triana, e nesse instante o homem surgiu pela porta de madeira com a térmica debaixo do braço.

— Pelo jeito aguenta pouco — comentou Koch, e riu com um grasnido.

Cabine dupla

O homem parecia irritado. Subiu na picape e bateu a porta com força. Deu a partida no motor.

— E Monique? — perguntou Triana. — A gente queria se despedir.

O homem fez que não ouviu e arrancou em marcha a ré, levantando pedrinhas do chão com a velocidade das rodas.

— Filha da puta — murmurou o homem, e descarregou um soco tremendo no painel. Com o tranco da porrada, uma das virgens se descolou e caiu nos pés de Triana. O homem continuou resmungando entre os dentes até chegar à estrada. Falava sozinho e sacudia a cabeça de um lado para outro, como que negando algo.

Durante um longo trecho viajaram sem música, bem acima do limite de velocidade. Triana estava nervosa: qualquer manifestação de violência a angustiava enormemente. Procurou o rosto de Koch no retrovisor, mas o ângulo em que estava regulado não permitia. Não se animou a virar a cabeça. Triana levou a mão direita para trás e a apoiou no encosto do seu banco. Mexeu os dedos, devagar. Koch entendeu o pedido e apoiou sua mão na dela. Exerceu uma leve pressão, uma demonstração de força. Deixou a mão ali, esticando e encolhendo os dedos, como uma carícia sedativa.

Depois de uma hora de viagem, o homem ligou o rádio e começou a cantar por cima da música, como havia feito antes. Triana tomou isso como bom sinal e começou a cevar. Quando lhe ofereceu o mate, o homem aceitou com uma leve inclinação de cabeça e voltou a mostrar os dentes brancos do seu sorriso. Triana juntou a virgem do chão e tratou de colocá-la no lugar. A cola estava gasta, mas deu para fixá-la precariamente. O homem agradeceu o gesto e tirou uma barra enorme de chocolate branco de uma sacola plástica. Começou a mordiscar. Ofereceu-a.

— Não combinam: mate e chocolate. Rimam, mas não combinam — disse Koch. Triana tampouco aceitou.

— Vocês sabem por que inventaram o chocolate branco? — perguntou o homem.

— Nem ideia — disse Triana, e aproveitou para se virar e olhar Koch, que conhecia o resto da piada, mas não disse nada e deu de ombros.

— Para os negros poderem sujar a cara — respondeu o homem, e riu como antes, com essa mesma intensidade que lhe deformava o rosto.

Quando acabou a água quente, Triana deixou a térmica e o mate no chão e começou a enrolar um cigarro de tabaco. Sempre fumou tabaco solto. Assim é mais barato e fumo menos, argumentava. Além do mais, gostava do ritual que envolve sua preparação: enrolar a quantidade certa de fumo no papel, amassá-lo entre os indicadores e polegares, passar a língua na borda da seda. O homem observou todo o procedimento de canto de olho.

— Pode enrolar um para mim? — pediu.

— Posso — disse Triana, e começou a fazê-lo.

O homem se inclinou para abrir o porta-luvas sem tirar os olhos da estrada. Triana sentiu o antebraço dele roçar em sua panturrilha, como se um gato a tivesse alisado com a ponta da cauda. Puxou um pouco a perna.

— Desculpe — disse o homem. — Pode tirar um saquinho preto do porta-luvas?

Cabine dupla

Triana encontrou, escondido entre um monte de papéis, um saquinho do tamanho de uma caixa de fósforos.

— Bota um pouco de pó no meu cigarro — disse o homem.

Koch, que estava recostado nas mochilas de olhos fechados, acompanhando a conversa, se ajeitou no banco. O homem voltou a regular o retrovisor para poder olhar Koch diretamente no olho. Triana desfez o nó do saquinho e achou o pó branco.

— É pó do bom — disse o homem. — Não é pasta, não.

Triana ficou com o saquinho aberto nas mãos, hesitando.

— Es bueno para dirigir. Mantém você acordado — acrescentou o homem.

— Não sei bem como enrolar isso — mentiu Triana.

O homem embicou no acostamento e parou sem desligar o motor. Era um trecho escuro, pouco movimentado. Nas margens da estrada só havia pasto e plantação.

— É fácil. Você pega uma pitada entre o indicador e o polegar e salpica por cima do fumo — enquanto dava instruções, o homem ia fazendo, usando a mão direita. — É como botar sal na comida — disse, quando terminou a tarefa. — Agora passa a língua para fechar — ordenou o homem a Triana.

— Eu fecho para você — disse Koch, tomando o cigarro das mãos de Triana. — Saliva de mulher não serve para grudar. É o que dizem lá na minha terra.

O homem não fez nada para impedir. Aceitou o cigarro fechado por Koch e o acendeu. O homem saiu do carro, afastou-se alguns metros e começou a mijar com o cigarro na boca. Dava para vê-lo de perfil, iluminado pelas luzes da picape. Triana virou a cabeça, procurando Koch. Olharam-se em silêncio. Koch tentou dizer o que estava pensando: que não gostava nada do sujeito, que algo nele não cheirava bem, mas deixou quieto.

— Vou mijar — disse, e desceu do carro. Foi até onde estava o homem, parou alguns metros antes e tirou o membro de dentro da bermuda. O homem já tinha terminado, mas ficou parado onde estava, fumando em silêncio. Koch tinha um pau descomunalmente grande e era ciente disso. Quando terminou de mijar, sacudiu-o de um jeito exagerado. O homem olhou, depois levou os olhos para o céu estrelado e deu uma tragada profunda. Reteve o ar nos pulmões por alguns segundos e soltou sonoramente.

— Quer experimentar? — disse, oferecendo-lhe o cigarro. Koch hesitou um instante. Olhou em direção à picape.

— Nunca fumou coca? — perguntou o homem.

— Claro que sim. Na minha terra chamamos de nevado — disse Koch, e aceitou o cigarro da mão do homem. Deu duas tragadas suaves, por medo de tossir.

— Assim não — corrigiu. — Tem que prender a fumaça. Como um homem.

Koch voltou a dar uma tragada e reteve o ar por alguns segundos.

* * *

Cabine dupla

Triana pôde ver a cena do seu banco: dois homens mijando, medindo a potência de seus jorros; os dois fumando, mostrando suas plumagens. Ela sabia que Koch nunca havia provado cocaína, que aceitou o cigarro porque é um cuzão. Sentiu uma pontada na boca do estômago. Ela havia flertado com o homem desde o início. Estava ciente disso. Lembrou-se da dança, da sensação das unhas entrando na sua pele. Podia lembrar o lugar exato. Tocou-o com a ponta dos dedos. Sentiu as marcas, fissuras pequeníssimas como as mordidas de uma víbora. Acendeu um cigarro e tratou de pensar no sol e na praia.

O efeito do pó fez bem ao homem. Quando voltaram à estrada, desandou a falar como não havia feito antes. Contou, empolgado, uma parte da sua história: nasceu em Livramento, na fronteira com o Uruguai, mas viveu por toda parte, em muitas cidades. Teve cinco filhos com três mulheres diferentes. Contrabandeou cigarro e gasolina durante alguns anos.

— Mas parei — deixou claro. — Graças a Deus agora tenho um trabalho decente. — Voltou a fazer o sinal da cruz e beijar a unha do polegar.

Triana escutava. Queria perguntar sobre seus filhos e suas mulheres, se os via sempre, se tinha fotos, mas achou que era mais prudente não fazer isso. O homem parecia relaxado. Melhor não falar de algo que pudesse perturbá-lo, pensou Triana.

Em Koch, por sua vez, o pó teve o efeito de uma bordoada, e ele fazia o impossível para não dar na vista. Tratou de manter a conversa, mas não conseguiu. Recostou nas mochilas e fechou os olhos, mas foi pior: o mundo inteiro rodava. O fedor de ração de cachorro lhe dava vontade de vomitar. Ele suava e sentia uma sensação profunda de afogamento, como se uma mão fechasse sua garganta. Abriu os olhos e se sentou direito. No plantão do hospital havia tratado muitos pacientes que tinham usado além da conta todo tipo de drogas. Tentou lembrar o que deveria fazer. Tirou da mochila uma garrafinha d'água e tomou um gole demorado. Abriu o vidro e se encostou na porta para sentir o vento na cara. Tomou o pulso e tentou respirar pausadamente. Tratou de retomar o controle do corpo e da mente. Daqui a pouco, pensou, já vai passar. Fez um gráfico do acúmulo de dopamina no seu cérebro, representada por círculos e flechas, como nos livros de medicina. Fumei um pouquinho — racionalizou —, o efeito não pode durar mais do que cinco ou dez minutos. Tomou outro gole d'água.

— Está bem, amor? — perguntou Triana.

— Claro que sim.

— Mesmo? — Triana soltou o cinto de segurança e segurou o rosto de Koch. — Está suando. Quer que eu passe para trás com você?

— Fique aí, Triana. Sem escândalo — disse Koch, curto e grosso. — Estou cansado, só isso.

Triana voltou ao seu banco sem responder. O homem olhou Koch pelo retrovisor e sorriu com os olhos: uma faísca no centro de suas pupilas. Sem parar o carro, desligou o rádio, pegou com a mão direita a virgem que antes havia caído e a arrancou do painel. Deu-a para Koch.

— Segura a virgem entre as mãos e pede a ela para se sentir melhor — ordenou, e voltou a olhar Koch pelo espelho.

Cabine dupla

Koch aceitou a estatueta sem dizer nada. Olhou para Triana e depois voltou a olhar o homem. Apertou a virgem na mão direita. Fez força até as veias do punho incharem. Pensou o que aconteceria se desse uma pancada nele por trás. Mediu as consequências: o cara podia perder o controle da picape, podíamos bater. Viu as luzes de um ônibus que vinha de frente. Sentiu a sacudida quando ele passou e um suor frio correu sua espinha.

— Essa região é muito perigosa — disse o homem.

Tirou um revólver de baixo do banco e puxou a trava do cão. O clique do metal ficou suspenso no ar por alguns segundos. O homem mostrou o revólver a Triana. Era uma peça antiga e prateada, com tambor giratório.

— Esse revólver era do meu pai — disse o homem, solenemente. — E agora é meu.

Girou-o na mão direita, como um caubói. Triana fechou os olhos e conteve a respiração. Voltou a abrir e encarou a virgem que ficava de frente no painel. Olhou-a nos olhos e rezou o pai-nosso, para dentro, sem mover os lábios. Lembrou as palavras claramente, apesar de não rezar desde que era menina e acompanhava a mãe na igreja. Quando terminou, repetiu a oração uma e outra vez, apertando os olhos. Não pôde evitar que lhe caíssem lágrimas porque, para Triana, rezar e chorar eram a mesma coisa.

Koch esqueceu os efeitos da coca assim que sentiu o clique do cão. Ficou quieto, com as costas grudadas no banco. Observou como o homem brincava com a arma nos dedos: fazia girar o tambor, se deliciando com o som, taca-taca-taca — imitava a repetição estalando a língua.

— Olha aí, olha aí! — gritou o homem.

Com o cano do revólver, apontou duas moscas que estavam copulando no para-brisa. Soltou uma gargalhada longa. Apoiou firme o volante nos joelhos. Formou um círculo com o indicador e o polegar da mão esquerda. Penetrou o círculo com o cano do revólver, investindo várias vezes, taca-taca-taca. Depois apertou o punho da mão esquerda e mostrou a Koch.

— É assim que se faz — com a ponta do cano, foi penetrando a abertura do punho e forçando a entrada. — Primeiro suave — atravessou o punho com o cano e meteu violentamente —, depois mais forte. É assim que mulher gosta.

Koch não podia deixar de olhar o revólver. Fechou os olhos. Imaginou que o homem metia a ponta do cano na boca de Triana, suavemente, como tinha feito antes com seu punho. Imaginou Triana percorrendo o metal com a ponta da língua, curtindo aquilo, olhando o homem nos olhos. Imaginou tudo isso com uma nitidez inquietante. Koch fechou o punho com tanta força que a estatueta da virgem se partiu em duas. O estalo na sua mão lhe trouxe de volta à realidade. Voltou a abrir os olhos: viu a estatueta decapitada e depois comprovou que Triana permanecia quieta em seu banco e que o homem continuava girando a arma como um caubói.

Koch olhou pela janela: estavam atravessando uma zona industrial. O homem continuou brincando com o tambor do revólver mais uns minutos e guardou a arma debaixo do banco. Reduziu a marcha ao passar um posto policial.

Koch escondeu o corpo da virgem entre os sacos de ração para cachorro e guardou a cabeça no bolso da sua bermuda. Recobrou o domínio dos sentidos e voltou a sentir o fedor da carne artificial. Cheirou a gola da camiseta e comprovou que o cheiro estava impregnado na roupa. Deveríamos lavá-la, ou então atear fogo, pensou Koch. Melhor: ir à praia de noite e atear fogo na sua roupa e na de Triana. Fazer uma fogueira enorme e depois se atirarem no mar, nus, de cabeça entre as ondas.

Koch esticou a mão direita e pousou-a no ombro direito de Triana. Tocou os lábios dela para que deixasse de rezar e tocou as pálpebras para que ela deixasse de chorar.

O homem olhou de soslaio e abriu a boca num sorriso. Mostrou os dentes brancos e as coroas prateadas.

— Estamos chegando — disse.

Ao longe, avistavam-se as luzes da cidade.

Tradução de Mariana Sanchez

A noite do Anjo

Sylvia Iparraguirre

Toda história tem um tempo e um lugar, no entanto, o que vou contar agora não acontece em nenhum lugar, e se tivesse que buscar um tempo deveria dizer que acontece às vezes, de madrugada, quando a escuridão é total e minha cabeça busca alguma coisa a que se agarrar; algo sólido, que me puxe para dentro, muito fundo, até dormir.

    O que quero contar é a aparição do Anjo. Em si mesma, a aparição não tem nada de particular. Há noites em que muitas pessoas desfilam pela minha cabeça. São atraídas por uma lembrança da infância, uma destas pequenas regiões áureas que ficam para sempre dentro de cada um: um conto. O conto diz que os seres que morreram esperam, melancólicos, que alguém deste lado de cá se lembre deles para não ficarem assim definitivamente mortos. Então, nestas noites em que procuro algo que estire o tempo até dormir, faço viver pessoas mortas. Foi por isso que a aparição do Anjo, luminosa entre tantas aparições cinza, me sobressaltou. Porque o Anjo não está morto. Eu o vi na porta da casa do conto. Minha imaginação domesticada repete esta casinha convencional de ilustração, cheia de cortinas xadrez e telhas, onde os do outro lado esperam que uma lembrança vá buscá-los. Não sou imparcial. Invariavelmente quem primeiro faz sua aparição pela porta de madeira com trevos gravados é minha avó, de roupa escura, bengala e coque imaculado. Faço-a viver um instante: conversamos, recordamos momentos compartilhados, rimos. Depois, desaparece. Segue minha outra avó e, depois, em ordem rigorosa, pessoas a quem amei muito, pouco ou nada. Quando os escolhidos já fizeram sua parte (e são poucos), se apresenta um dilema moral: por que uns sim e outros não? Por acaso posso discernir entre mortos bons que merecem viver um instante e maus que não merecem isso? Não maus, mas simplesmente chocantes, como a tia-avó Clota, que quando nos beijava nos beliscava a cara toda e a quem vi somente duas vezes. Com certeza ninguém se lembra dela agora. A consciência me persegue e me rendo diante do imperativo do dever. Neste ponto, como não prever, pela porta estreita sai minha tia Prosperina, tão feia quanto foi em vida. O curioso é que não aparece velha e murcha como a conheci, mas sai como era em 1928. Esse estranho anacronismo se produz por causa da sua foto colada no álbum da minha avó que costumo olhar: Prosperina de capelina, luvas e estola olha para a câmara sentada em um banco do Botânico. Quis se perpetuar na pose, com a cabeça inclinada e o sorriso torcido. Do outro lado da foto se lê: "Ao meu querido irmão Poroto desta Buenos Aires maravilhosa. 21/5/1928." Minha tia sai assim pela porta verde com trevos incrustados, como no Botânico. Às vezes, damos uma volta ao redor da casa. Faço-a viver sem vontade. Não tenho muito que lhe dizer. Parece agradecida, e não é para menos:

A noite do Anjo

ninguém deste lado de cá deve se lembrar dela. Era odiosa e faladeira. Não sei quanto tempo passa porque este é um tempo diferente. Quase sempre o sono me vence e durmo. Por isso ontem à noite, há algumas horas, a aparição do Anjo me surpreendeu e me inquietou.

    Antes de qualquer coisa, devo dizer que o Anjo não é nenhum anjo com asas. Embora muitas vezes, na casa grande da minha avó, naqueles verões incrivelmente longos, quando ficávamos olhando da mesa o quadro do anjo dormindo no bosque, eu acreditava encontrar correspondências secretas entre a imagem pintada e o rosto dele. Mas ele ficou lá, ele mora lá agora, naquele povoado sonolento e remoto dos verões. Aqui e agora, na escuridão, voltei a fechar os olhos e ele apareceu outra vez na porta da casinha, o corpo frágil, o sorriso enorme de sempre, as mãos nos bolsos. Abri bem os olhos na escuridão: não devia permitir que o Anjo aparecesse por essa porta. Alguém pode pensar que são fantasias, loucuras minhas. Para mim são coisas sérias e tão reais quanto o sol de cada amanhã ou um trem atravessando a noite. Não fiquei na cama. Coloquei um xale sobre a camisola e caminhei descalça pela casa. Queria me lembrar apropriadamente do Anjo. Vim me sentar no jardim. Gosto de me sentar aqui e olhar as estrelas entre as folhas das árvores.

    Lembrar-me apropriadamente do Anjo é me lembrar da casa da avó nos verões, da minha irmã e do meu outro primo, Marcelo, o sabichão. Era quando o tempo não existia. O sol implacável na rua deserta, as sestas pautadas pelo arrulho dos pombos torcazes, os livros velhos e as enciclopédias ilustradas com borboletas e caracóis marinhos encapados com papel de seda, a terra seca e quente do pátio dos bambus. E as histórias de assombrações. No povoado da minha avó havia duas aparições: o porco sem cabeça e a viúva negra. Contávamos estas histórias, que nos deixavam de cabelo em pé, sempre à tarde, quando já estava anoitecendo, e nós, os três estrangeiros, acompanhávamos o Anjo até o cruzamento das vias pela imensidão de cinco quadras. Antes de sair, Marcelo roubava, com precauções exageradas, uma faca da cozinha e a escondia debaixo da camisa. Para o caso de que aparecesse o porco sem cabeça ou a viúva negra, e dizia: homem prevenido vale por dois. Era o mais velho, tinha nove anos, sabia uma quantidade de ditados e conseguia fazer palavras cruzadas sem perguntar a ninguém. Era muito inteligente e dominava, como nos parecia então, todo tipo de mecanismo. O Anjo andava invariavelmente risonho. Caminhava se levantando um pouco em cada passo e uma mecha de cabelo castanho lhe caía sobre os olhos. O Anjo era um menino humilde. Sua casa não era como a nossa e nunca ficava para dormir na da avó. Quando crescemos, soubemos que meu tio, o irmão mimado das minhas tias chiques, se casou às pressas com a mãe do Anjo. Minhas tias da casa grande mostravam uma distraída condescendência quando tratavam com ela; talvez relacionada às suas mãos avermelhadas, seus quadris enormes e suas batas floridas. Nós a adorávamos. Muitas vezes, quando já era tarde e o Anjo ficava para jantar na casa da avó, ela vinha para buscá-lo. Então se repetia a brincadeira. Depois dos cumprimentos trocados com minhas tias, ela, com infinita paciência, começava a nos seguir de quarto em quarto, pela casa toda. Nós nos escondíamos debaixo da mesa de jantar, e dali ouvíamos sua voz se aproximando, ficando mais clara de um quarto a outro. Repetia como uma ladainha: *Aonde anda o Anjo?* E quando, finalmente, abria a porta e voltava a perguntar: *Aonde anda o Anjo?*, lembro que, na inquietação da escuridão, a exaltação chegava ao limite: por um instante, o mundo ficava em suspenso e era como se um anjo de verdade estivesse escondido como nós em algum canto, o rosto contra os joelhos encolhidos, ou sentado na moldura do altíssimo aparador. A tia Teresa sempre nos encontrava, é claro. Depois da brincadeira repetida, nos deixavam acompanhá-los até a esquina. Já era noite; eles se afastavam de mãos dadas. Antes, a tia Teresa remexia no fundo do bolso e distribuía balas para nós.

Aos sábados, na hora do refresco na porta da frente, antes que escurecesse de todo, minhas tias nos arrumavam para que os vizinhos nos vissem. Minha irmã e eu parecíamos que íamos sair voando de tanta goma e coques na cabeça. Penteavam meu primo Marcelo puxando para trás, com muita água. Em segredo, cada um de nós invejava o Anjo, sentado com suas calças de sempre no meio-fio da calçada. Ali, no banco da porta da rua, no sábado à tarde, minhas tias diziam o que iríamos ser: Marcelo, advogado especialista. "Jurisconsulto", apontava sempre uma das minhas tias. Minha irmã e eu, mulheres de médicos ou de diplomatas. "Lembre-se da filha da Lucrecia, que vida levou na Europa", apontava outra tia. Nunca diziam o que o Anjo ia ser. Nós, inquietos, olhávamos para ele para saber se lhe importava essa ausência de uma profissão ou um destino; mas essas conversas nunca interessavam ao Anjo. No dia seguinte, na hora da sesta, na expedição ao pátio dos bambus, sozinhos e livres, manifestávamos nossas íntimas aspirações: Marcelo queria ser bombeiro; minha irmã, bailarina; eu, cozinheira. Voltávamos a olhar para ele, mas o Anjo não dizia o que queria ser. Por alguma decisiva razão, permanecíamos esperando sua resposta, observando-o, quase sem respirar. Ele se entretinha um instante com as formigas, olhava um ponto no ar, e depois decidia que ia continuar sendo o Anjo. Todos nós achávamos tão lógica essa resposta que nos acalmávamos completamente, felizes por não ter que pensar mais em uma coisa tão remota.

Quando crescemos e os verões já não eram longos e o pátio dos bambus desapareceu, não o vimos mais. Nós morávamos em Buenos Aires. O Anjo continuava morando no longínquo povoado da minha avó, na casa de sempre, com a tia Teresa. Algumas notícias desalinhavadas chegavam pelas minhas tias viajantes. Nem sempre eram boas notícias. Elas estavam orgulhosas de nós, dos nossos casamentos e da nossa posição. O Anjo, simplesmente, ficou cuidando da tia Teresa. Com os anos, voltávamos a vê-lo em algum velório ou em um casamento. Em cada ocasião, nos espantava constatar que o Anjo não tinha crescido. Mostrava seu amplo sorriso e aquela alegria inalterável que achinava seus olhos. Nós quatro nos abraçávamos e ele instalava, outra vez, apenas pela sua presença, os verões longos e as expedições ao pátio dos bambus. Eu recuperava, intacta, toda a maravilha daquele *Aonde anda o Anjo?* quando sentíamos que algo misterioso flutuava acima de nós na escuridão da sala de

A noite do Anjo

jantar. Por isso, esta noite, quando apareceu na casa do conto, resplandecente entre tantos rostos cinza, vim para o jardim esperar amanhecer e para me lembrar apropriadamente dele. Apesar de que sempre soubemos que nada de mal poderia acontecer ao Anjo.

Tradução de Maria Alzira Brum Lemos

Aspectos da vida de Enzatti

MARCELO COHEN

42 anos

Sob um espesso céu sem lua há um edifício, no edifício várias janelas abertas, mas nenhuma iluminada, e perto de uma dessas janelas um homem pensando que ocupa o centro da noite. Está com os olhos abertos, mas a mente meio dormindo, e ao seu redor a escuridão incompleta às vezes se agita enviando-lhe reflexos rosados ou esbranquiçados, indícios de objetos que o homem não tenta reconhecer. Chama-se David Enzatti. Está deitado. Não se mexe porque, se de certa maneira está pensando, pensa que o sistema da noite, suas equívocas harmonias, depende de que ele se mantenha no centro. Enzatti se considera calmo; pensa ou sente que ele articula a noite. Suando um pouco, lambido esquivamente pela respiração de sua mulher, deixa que os olhos se fechem. Uma escuridão mais absorvente lhe exige que não se abandone, e ao mesmo tempo o cerca e o embala.
    De repente ouve um grito.
    É violento, é longo, tem alguma coisa de aborrecimento e isolamento, não é um grito vertical, mas enviesado ou parabólico. Observando a escuridão, Enzatti se es-

força para discernir se soou nos seus sonhos ou em algum lugar do mundo e, enquanto arranca os véus do cochilo, o grito volta a se ouvir e outra vez escapa: a única coisa que fica é a angústia do eco na cabeça. E o eco diz que o grito, por mais que tenha se repetido, não é de desespero, nem de pesar, não é um grito de dor nem de cólera nem de raiva. Não é um insulto, não é um gemido. Não afunda claramente no silêncio como o chiado de uma ratazana, não dá peso, nem forma, ao silêncio: fratura-o.

É um grito e, quando volta a se fazer ouvir, Enzatti tampouco o escuta (só pode somá-lo à lembrança porque está pensando), deliberado e urgente. O grito de alguém que quer que o ouçam gritar.

E agora Enzatti, ainda imóvel no centro da noite, o tem na cabeça e não consegue ignorá-lo.

Por mais cuidado que tome para não acordar Celina, que continua dormindo, ao se sentar na cama Enzatti altera o sistema da noite. A escuridão seccionada se pôs a girar em estranhos sentidos, e da confusão nascem forças ardilosas, arbitrárias, que o prendem. Enzatti e a esteira do grito estão unidos através da noite como duas pontas de uma greta que corre entre escombros. Mas a união não é inerte, e sim magnética ou viva, ou o que acontece é mais que Enzatti não suporta que o que gritou continue gritando.

A placidez se rompe. Enzatti se levanta, olha pela janela: um terraço com vasos de barro, linhas de alcatrão em um teto, um gato escapole, antenas e caixas-d'água em uma atmosfera de nitrato de prata.

Afasta-se da janela, domina o coração, pega da cadeira as calças e a camisa, calça os mocassins e, desviando dos móveis apinhados, pisando em caixas e brinquedos, encontra no corredor um reduto onde se vestir. Em seguida fecha a porta do quarto: Celina continua dormindo. Enquanto se apoia no batente da outra porta para espiar o quarto das crianças, os roncos esporádicos, miúdos, chegam flutuando na penumbra como partes desta ordem que o sonífero que tomou não conseguiu terminar de construir. Há agora para Enzatti um sono de cheiros infantis, talvez um desvanecimento, e antes ou depois do novo grito a impressão de que um desequilíbrio está por desintegrá-lo; depois, certamente, porque desta vez o grito chega não só como um chamado, mas como uma consequência.

Consequência do quê? Com a lembrança do grito, que continua comovendo o ar, Enzatti se enche de rachaduras: como o esmalte rachado de uma cerâmica inteira. Mas não, não é isso.

Aos tropeções vai para a cozinha, desvia de mais objetos, tateia a aglomeração em busca de um guardanapo e enxuga o suor. Está se perguntando por que não entrou no banheiro quando volta a ouvir o grito, mais enérgico ou mais impaciente, também mais amortecido porque não há ali nenhuma janela aberta, e então, no resplendor que entra do pátio interno, entre a raia branca que é o brilho da cafeteira e os reflexos dos azulejos, parece ver a corda arqueada do eco do grito, e em seu próprio crânio, como em um teatro fugaz, a infinidade de harmônicos que o acompanham.

Todo som tem seus harmônicos, sons secundários que o rodeiam e o conformam; uma grei discreta, opções ocultas e talvez adiadas. Um som é ele e a penca de sons simultâneos que arrasta ou desencadeia. É o que diz a física. E além dos harmônicos, se a gente beliscar uma corda (pensa Enzatti), a nota que se ouve é certamente impura, porque a corda vibra, ou vibra o ar, e a vibração se propaga e afeta outros pontos do ar antes de se extinguir; e o ar está cheio de impurezas.

No teatro do crânio de Enzatti o grito que o arrancou da cama, o grito que na rua ou no próprio crânio volta a soar e convoca, está levantando uma revoada de sons antigos. O grito sulca o crânio e os harmônicos se expandem, formam redemoinhos, chocando com coisas adormecidas que, turvadas, se elevam à vigília tilintando. Depois os sons se derramam, aos saltos penetram na noite da cozinha para arrebentar o que resta de ordem, povoam as camadas giratórias da escuridão e Enzatti, com a camisa grudando e o guardanapo na mão, entra na movimentação ou se deixa arrastar. Outra vez, além de tudo, acha ter ouvido aquele grito descascado. Despendura as chaves e sai.

31 anos

Ao sair do hospital sentiu que a primavera lhe agitava o corpo com uma tropa de cheiros para obrigá-lo a levantar a cabeça e observar seu avanço. Era deslumbrante, sim, e arbitrário: jacarandás coalhados de azul-claro balançavam os galhos em uma leveza geral, reluziam os para-brisas dos carros, o pólen e os vestidos e a brisa que desfazia penteados uniam seus vigores, uma morna sinergia punha a realidade a levitar, não, a girar sobre um eixo variável, de modo que cada volta era um pouco diferente da anterior e não se podia prever nada, nada, nem a hora do próximo café nem o rumo do pensamento. Como isso era justamente o que Enzatti queria, perder o fio, se deixou cercar pelo vento. Assim envolto, mais frio que indiferente por dentro, se afastou do hospital bem devagar, certo de que, como o rastro prateado de uma lesma, deixava um traço de visões desunidas: o vidro invertido do plasma, curativos na mesa auxiliar, o pedal da maca, o recheio aparecendo por um rasgão do forro da maca, as veias inchadas no nariz do pai, o cenho furiosamente enrugado, alguém com uma hipodérmica. Era improvável que o pai de Enzatti recuperasse a consciência; tinham-no operado depois da queda e, embora uma parte do cérebro estivesse danificada, os médicos teimaram em salvá-lo e agora respirava, com as pálpebras entreabertas, nem sempre constante, além da espera e da dor. Então Enzatti deixava para trás o hospital carregado de uma rancorosa leveza. Não pela primavera, não por algo cíclico. Mãe morta vários anos atrás, agora pai no limbo, em um nada: Enzatti caminhava solto, como supurado pelo mundo, sem origem nem explicação. Nada de ter perdido um vínculo real: não houve presságios, despedidas, não houve recapitulações. Apenas uma queda de velho, uma pancada. E Enzatti no mundo como uma presença imotivada. Não filho de pai e mãe, mas uma emanação da vida, uma exsudação, algo que, mais que morrer, no final acabaria se evaporando. Pensava isso, sem espanto. Nesta hora. Eram dez para as onze, e ao meio-dia devia visitar o fabricante de brinquedos Malamud. Atravessou a rua. Parou na outra calçada. "Este bar", disse entre os dentes. E entrou. No espaço alongado, as pessoas só podiam se aglomerar entre o balcão e um biombo com espelhos: esgotados parentes de prostáticos, pais estreantes, enfermeiras e proctologistas irmanados, entre o cheiro de mostarda e a fumaça da máquina de café, pela eternidade de um intervalo. No final do balcão, diante do escorredor de pratos de alumínio, havia um banquinho vazio. Sentando-se, Enzatti pediu vinho. Vinho branco gelado, e não serviram em copo, mas em taça. Um homem que parecia antissocial, ou arrogante, o desmentiu dirigindo-lhe um sorriso. Tinha baixado o jornal e dado um passo em direção a ele, e o olhava como se soubesse que Enzatti tinha perdido os laços com sua origem. Neste instante de intimidade enervante Enzatti baixou o olhar, mas em seguida voltou a levantá-lo. Subitamente o homem disse que o desculpasse, mas que estava observando-o porque, embora não fosse tão mais velho que ele, ao vê-lo tinha parecido ver-se a si mesmo em outro tempo. Os dois riram. Enzatti o convidou para uma taça de vinho. Então o homem disse que não bebia álcool e, depois do silêncio, fez a pergunta: "Sabe por que não bebo?" "Não", disse Enzatti. "Então, olhe", disse o homem, "vou contar. Conto: uma vez, há anos, eu devia ir ao hospital para visitar meu irmão, que tinha batido a moto. Minha cabeça fervilhava por dentro, da raiva, porque o tinha advertido que ia acabar virando papa, mas não queria desperdiçar a visita em recriminações. Sabia que meu irmão estava em estado grave, então o que mais me importava era conversar, por mais que ele fosse se curar, aproveitar este momento decisivo para dizer que eu lhe tinha um grande carinho e, dentro do possível, esclarecer questões importantes da nossa relação, e também fazer certas perguntas. Para que entenda o quanto essa conversa era fundamental para mim, e no fundo para os dois, explico que eu e meu irmão éramos muito unidos, mas nunca, nunca tivemos um diálogo. Por isso eu não queria desperdiçar a visita em recriminações, sobretudo com um homem que estava com o corpo feito uma merda. Então, como eu era muito temperamental, entrei em um bar para tomar um copo de vinho e me acalmar. Tomei dois copos de vinho, bem calmo, digamos, devo ter demorado uns quarenta e cinco minutos entre ponderar e tomar o vinho. E, quando cheguei ao hospital, disseram que fazia sete minutos que meu irmão tinha morrido. Exatamente sete minutos", insistiu o homem. Enzatti se deu conta de que não ia poder olhá-lo com franqueza. Este cara é um idiota, pensou. O que está me contando? E nem sequer por piedade ou educação conseguiu sorrir. O que fez, então, foi sorver um pouquinho de vinho, mantê-lo um pouco sob a língua antes de engolir, e enquanto engolia levantar a taça. Era uma taça arredondada, o frio do vinho a tinha envolvido, e entre as gotas que escorriam para a base, percebeu Enzatti, se acumulavam sem disputas no vidro convexo os pedaços daquele mundo suspenso, o bar e partes da rua. Na taça havia enormes dedos de enfermeiras culminando braços minguantes e finalmente minúsculos, uma pequena caixa registradora, uma remota vidraça, distintas cabeças que em sua diversidade minúscula pareciam imóveis, e as campânulas de vidro com sanduíches e o ventilador do teto acima em retirada, e o chão abaixo em retirada, e a testa de Enzatti em retirada, deixando o primeiro plano ao monstruoso achatamento do nariz, tão afastado dos olhos, tudo definido e disposto em um gelado nimbo verde-amarelo: a realidade acabada. Do outro lado da taça, não excluído, mas aceito, engatinhando, aleatório, o homem do irmão morto parecia exigir um comentário para sua história. "Por mim", disse Enzatti, "ninguém espera. Eu já fui ao hospital, venho dali. Posso tomar todo o vinho que quiser". Mas não baixou a taça como quem tivesse dito algo conclusivo. Na taça se ordenavam pedaços do mundo que a primavera tinha posto a girar.

42 anos

Na luz prateada do elevador Enzatti evita se olhar no espelho. É quando levanta a mão para alisar o cabelo que o grito estala de novo como uma badalada (porém timbre de voz), investindo, clamando, mas finalmente fraco, submetido pelo chiado do elevador. Na cabeça de Enzatti, seja como for, sons vulgares reagem caoticamente. O coração se contrai como se quisesse se defender, e com esse mal-estar Enzatti se apressa a ganhar a rua. Talvez desta última vez o que ouviu tenha sido a lembrança do grito. Talvez, verdadeiramente, não o tenha ouvido nunca.

Fora, como todas as noites, a iluminação pública deixa ver bem pouco. A louca geometria do bairro apenas reverbera no sono, repudiando o peso da umidade com a monotonia de seus balcões seriados, seus postes solitários, com a fingida solidez de uma classe média decadente. Na esquina, junto ao atoleiro de luz de uma lâmpada, um buraco muito longo parece uma boca pasmada no asfalto. Enzatti segue para a esquina do supermercado. Quando chega, senta no degrau da entrada, olha a noite, o longínquo semáforo da avenida, fecha os olhos e acha que cochila, mas em um instante passa um carro, já passou, e ele se levanta.

No edifício de esquina chanfrada em frente, leves grumos de névoa grudam na base de uma guarita de vigilância. É um tubo alto de base hexagonal e estaria vazia, pois faz tempo que os moradores não contratam guardas, se não fosse pelas pombas que alguém deixa presas e ninguém ajuda a fugir. Os painéis de vidro blindado reluzem de imundície. Enzatti crê distinguir vibrações de asas, mas não as ouve.

Como não tem lenço, enxuga o pescoço com a mão. Atravessa a rua.

Trinta metros à frente, pela mesma rua, começam os descampados onde ninguém quer mais construir ou as obras, por deserção da clientela, ficam sempre inconclusas. Vigas, corta-fogos e escoras nuas afloram no mato como vestígios de um futuro atrofiado, e entre os alicerces mofados acampam às vezes mendigos. Ao lado da tinturaria há um terreno baldio que os meninos do bairro mantêm limpo à força de jogar bola. Cheira a terra molhada de vinho e, estranhamente, a madressilva, e Enzatti senta no tronco de um jacarandá caído.

Faz um bom tempo que não se ouve o grito. Parece que não vai se ouvir mais.

E, no entanto, todo o silêncio está colonizado pelo eco do grito, como se as ressonâncias partissem do crânio de Enzatti e nada do que ele perceba, a fuga de um camundongo, um fósforo acendendo atrás de uma persiana, possa se livrar da revolução que os harmônicos do grito desataram. Então Enzatti espera. Conhece instantes parecidos com este, pelo menos tanto quanto alguns dos sons que turvam seu pensamento: são, todos juntos, o rumor das perguntas que não podem ser respondidas, um barulho que surge quando alguma coisa cai subitamente sobre as explicações e as anula. Também é, agora que presta atenção, a insistente música do vazio.

 O que Enzatti não sabe é onde está o grito que a desencadeou, e começa a se dar conta de que essa ignorância o assusta. Mantendo-o em alerta, o grito o subjuga, e na incrível persistência dos harmônicos vão se levantando não apenas perguntas, mas também lembranças. O grito dói. O grito veio expulsá-lo do centro da noite. De propósito, é claro. Com alguma intenção. Basta ver que aqui está Enzatti, esmagando mosquitos com a mandíbula, sozinho com a lentidão do suor em um baldio tenebroso. O grito era e continua sendo um chamado, talvez um sinal. Talvez uma desforra do próprio crânio. É um grito que, além de causar alvoroço, *exuma*, quer cobrar algo, revolta. Então de repente Enzatti se irrita. Se se sentisse mais ágil ou desperto, se por outro lado este mal-estar não lhe doesse nos músculos, se levantaria de um salto e, fumando um cigarro, voltaria em seguida à sua casa, à sua correspondente metade de cama. Mas não apenas as vibrações do grito o mantêm cravado no tronco do jacarandá, como também a necessidade de que o grito se repita e ele possa lhe dar sentido, pelo menos interrogá-lo. Perguntaria, se o grito se deixasse individualizar, por que o expulsou do lugar onde estava há menos de um quinze minutos. E, enquanto isso lhe vem à cabeça, sua raiva aumenta, porque Enzatti, sentado no terreno baldio escuro, no silêncio carregado de cheiro de lixo, óxido e cicuta, se dá conta de que o grito o mantém atado.

Uma luz se acende e em seguida se apaga no segundo ou terceiro andar do edifício que fica em frente ao terreno baldio. É um edifício alto, o único da quadra, desabitado em grande parte, ladeado por escritórios e depósitos. Cerca-o céu opaco, amplas nuvens de felpa. Enzatti espera. Diz para si mesmo, se atreve a dizer, que isso que está lhe acontecendo é absurdo, de certo modo vergonhoso: atribuir a um grito alma e intenções, transformá-lo em sinal, essa história dos harmônicos, uma pérola do ridículo.

Cintila um vaga-lume. Enzatti fuma, e a quietude da noite recebe as exalações. Não demora a esmagar o cigarro contra um entulho.

Mas nada garante que o ridículo seja falso, nem mesmo inverossímil. Justamente porque não pode ser explicado, o ridículo é inobjetável. Aí está ele esperando que alguém volte a gritar. O ridículo está sempre espreitando nas impecáveis interpretações que cada um faz de sua atividade, seus planos, sua *trajetória*, e também nas versões que dá do funcionamento do mundo. O ridículo é amoral, mas não dissimulado como as explicações. E a verdade é que Enzatti está com a cabeça lotada de sons, que lhe custa engolir em seco, que está sentado entre escombros, em uma madrugada sem lua, nervoso e triste como se tivesse visto uma navalha abrindo a polpa da noite e descoberto, quando esperava ver gotas, que a suposta polpa era apenas uma tela e mais além do talho não se via nada, quando muito uma parede vazia, como se a noite fosse um quadro. A verdade é que, neste quadro, Enzatti ouviu um grito, pouco importa se em sonhos ou não, e que o grito não deixou de prestar um serviço, despertar sons que são momentos, exumar lembranças, e por isso está obrigado, submetido a esperar que soe de novo. Se o grito voltasse a se fazer ouvir, pensa Enzatti, lhe arrancaria do crânio um som terminante: uma *reminiscência*. Este grito de merda, este alarido que o expulsou do centro da noite. E o que importava que a noite fosse um quadro, se também era plácida.

Exumar, a palavra *exumar*, tem uma tremenda força alegórica. De repente Enzatti imagina o grito com uma pá na mão, a pá de remover terra pedregosa. Ele o vê entre as sombras do baldio, ou o perfila, entre tijolos e espinhos. E então, enquanto o clamor aumenta em sua cabeça, enquanto o eco do grito, lerdo, subitamente renovado, põe a tremer a corroída consistência do bairro, Enzatti termina de acordar e reconhece, sem gestos nem calafrios, finalmente reconhece, que o grito é um chamado do esquecimento, o sinal que todo renegado lança com pedaços de sua matéria antes de emudecer e apodrecer. Um dia, entende Enzatti, em vez de sons haverá fedores. Por isso o grito maltrata, por isso chama e quer persistir.

Enzatti arranha os joelhos. Arranha-os muito, até que as unhas ficam sujas de penugem das calças. Não está seguro de merecer este mau trato, mas, como tampouco consegue impugná-lo, como sabe que o mau trato simplesmente acontece, que o esquecido quis voltar e o grito não pôde ser contido, procura decidir que o grito não é apenas uma advertência. E pode ser que não esteja se enganando: junto com rastros daquilo que qualquer um chamaria infame, com o repulsivo e o simplesmente inquietante, com o amorfo e o malformado e o débil, o grito *exuma* outros sinais, os harmônicos do grito levantam do graal do crânio certos momentos, inqualificáveis, imorais, não ruins, melhor dizendo, amorais: momentos desprendidos do tempo, anotações de uma dissolução saudável. Embora nenhuma palavra contenha este sentimento, ou ele esteja nervoso demais para encontrá-la, Enzatti sabe do que fala consigo próprio, e o grito continua vibrando entre suas têmporas.

Mas agora nota que não está tão nervoso.

29 anos

Era inverno, uma noite do período mais recôndito do inverno, e talvez uma festa religiosa ou pátria emendada num fim de semana, porque a cidade onde Enzatti ia visitar Anabel estava meio vazia, melhor dizendo limpa de urgências; e como nessa tarde tinha chovido muito, sob o ar renovado, os edifícios, as fontes tinham uma espessura próxima, um imediatismo quase ofensivo, como se esperassem que os sobressaltados transeuntes lhes pedissem permissão para passar.

Foi justamente isso que Enzatti disse a Anabel, mais amante contínua do que namorada dele: "Deveríamos pedir permissão", disse-lhe. "A quem?", disse ela (e não Para quê?). "Ao ar ou aos edifícios, para passar. É como se sobrássemos." Anabel, que caminhava inspirando fartamente o ar gelado, respondeu que não, ao contrário: achava que nessa noite tudo a *acomodava* facilmente, quase como se não estivesse na rua nem em nenhum lugar, como se não tivesse espessura nem consistência. De repente, então, para ouvi-la, Enzatti virou a cabeça: e embora há vários minutos levasse Anabel pelo ombro, embora estivesse sentindo o ombro relaxado de Anabel através da roupa de inverno e com o ombro a contundência do corpo inteiro, pelo menos do torso, nesse momento não a viu. A única coisa que viu, curvo na luz de mercúrio, horizontal na transparência da noite, foi seu próprio braço sozinho: e, se não o deixou cair foi porque, embora não o visse com os olhos, continuava sentindo na mão o ombro de Anabel. Cada vez menos, não obstante, ou com mais dúvida. E não era só pelo frio, que insensibilizava o tato. Tampouco porque se lembrasse de que um ano e meio atrás, na noite em que tinha conhecido Anabel, jantando com o chefe de área da empresa que os empregava, a havia considerado um pouco lenta de reações, um pouco vulgar e um pouco reiterativa, três objeções que esqueceria antes mesmo de começar a amá-la, e portanto muito antes de começar a ter medo de perdê-la cada vez que, terminados os fins de semana, um dos dois tinha que voltar para sua cidade. E tampouco por uma armadilha do espanto, como se Enzatti só pudesse esperar que Anabel concordasse com ele ou discordasse ferozmente, e não que de vez em quando inventasse uma opção, como quem olha para os lados e alça voo. Não.

Era, e nesse momento Anabel voltou a se materializar ao lado de Enzatti, que a vigiava de soslaio, pela certeza de que quando levava Anabel pelo ombro, distraidamente, sabia menos que nunca do que era feita essa mulher, no que consistia ser Anabel, que tipo de labores físicos e mentais requeria, quantas operações de atenção, composição, coordenação, domínio, abandono e substituição. O frio mordiscou seus dedos, que afundaram na flanela do capote de Anabel e reconheceram penosamente o ombro. Enzatti quis sentir, mas não podia por culpa da roupa, o comichão do cabelo dela no oco do cotovelo. O que aconteceria se, absurdamente, alguém que tinha tido uma ideia de outra pessoa a perdesse de repente? O que aconteceria se a gordura ou o recheio do pensamento, que se multiplicava com uma autonomia vertiginosa, o afastasse do conhecimento do outro, da *outra*? Muito plausivelmente a outra desapareceria — para este alguém. Havia, é claro, a possibilidade de conversar, algo que Enzatti e Anabel faziam quase sempre que não estavam se tocando; variar as perguntas até que alguma desse a ela a chance de se mostrar de verdade e a ele, por assim dizer, a de assimilá-la; ou vice-versa. Mas ainda então um pouco de substância, um pouco de substância ia ficar relegado, porque Enzatti já sabia precariamente que as pessoas se acoplavam a suas histórias, que o processo de emendas e adições era inacabável, tanto que todo mundo se dava por vencido, aceitava finalmente a inexatidão, e era bem possível que neste pingo de substância faltante estivesse a quintessência de Anabel. O ser, incluído no conceito de ser uma mecha de cabelo cor de cerveja, o nariz curvo e elegante como a asa de uma xicrinha, a clavícula, os humores, os sismos do coração e os sentimentos que a arte atribuía ao coração, tudo isso, na realidade, onde se afixava? Em certos neurônios, em distritos cerebrais? Sem dúvida não na matéria, embora existisse por ela, e sim talvez na mente, uma coisa tão impalpável. Os sentimentos: vida psíquica, espírito. Onde estava Anabel, aquela que indubitavelmente cheirava a mulher, machucava com unhas ou insultos, a que apertava ou se ausentava? Enzatti espirrou. "Um ruído de nariz", disse então alguém que não era a Anabel de dez minutos atrás, e disse como se estivesse ouvindo o pensamento de Enzatti, "um ruído de nariz não é suficiente para que um corpo esteja presente. Um espirro é apenas um sintoma, não? Uma coisa bem pouco expressiva". Enzatti se sobressaltou; se tivesse esperado algo, teria esperado que Anabel dissesse: *Te sinto tão longe*, ou talvez simplesmente *Changós!*, como diziam na sua cidade quando alguém espirrava. Quase em seguida lhe deu vontade de chorar. Deu-se conta de que na vida ia ser muito difícil levar pelo ombro outra mulher como Anabel. Por isso, por nostalgia antecipada, disse: "Certo, mas juro que à medida que o tempo passe você vai me conhecer melhor." Restava uma quadra, porque iam ao cinema; e faltavam dez minutos para a sessão. Na rua desabitada, no ar lácteo e rangente, Anabel suspirou sorrindo e, enquanto ele voltava a perdê-la de vista, acariciou com uma força rigorosa a mão que a segurava pelo ombro: a mão de Enzatti. Era uma boa oportunidade para beijá-la, sobretudo na boca, certamente gelada nas bordas, irreconhecível nos interiores, e com os olhos entreabertos espiar como reapareceria ou garantia que em nenhum momento tinha deixado de estar. Mas Enzatti não a beijou, não na rua, porque lhe incomodava o cachecol e pela manhã andou se queixando de estar com torcicolo. Beijou-a mais tarde no cinema, com os olhos fechados, cheios do brilho ofuscante da tela.

42 anos

Sentado no tronco do jacarandá, sentindo a casca nas nádegas, a calça pegajosa e enrugada pela umidade da noite, Enzatti especula. Suponhamos que estivesse ao lado de uma lagoa, que sem estar dormindo estivesse, no entanto, com os olhos fechados; que persuadido pela leveza do ar, porque seria verão e a hora da sesta, deixasse cair a mão, a afundasse na água; e que a balançasse, aberta, indiferente, contente apenas por sentir a resistência, o frescor; e que sem motivo importante, somente pela vontade de mover os músculos, de repente decidisse fechá-la, ou que a mão se fechasse por decisão própria, devagar; e que quando o movimento fosse se completar não o conseguisse, que a palma não conseguisse se encontrar com as unhas: porque na mão, fechada mas não totalmente, tinha aparecido alguma coisa; que de repente, sem ele ter proposto, a mão apertasse, escorregadia e palpitante, uma truta. Então, em um instante assim, pensa Enzatti, e lhe parece sentir a truta na mão, ele seria a mão e a truta e o lago, o ar e a hora da sesta, e o verão e o tronco da árvore onde estivesse apoiado, e a folha mais alta dessa árvore e o sol refletido no dorso da folha, e as cores de tudo.

Nos harmônicos do grito que expulsou Enzatti do centro da noite também cabe a visão de um instante assim. Também um instante assim seria inexplicável, ridículo, e nem por isso lúgubre como esta noite.

Esta ideia parece deter por um instante a avalanche de lembranças que ameaça cair em cima dele. Não mitiga a angústia de Enzatti, mas a torna passível.

O que zumbe no crânio de Enzatti e o comove, e o debilita, não é somente o esquecido que retorna. É o desconhecido.

Enzatti se sente frágil, e mais frágil ainda lhe parece a noite, de modo que responsavelmente evita se mover. A imobilidade se expande; engloba a intempérie, recobre as ervas daninhas, os edifícios, os tijolos quebrados, os carros como sáurios adormecidos na não longínqua penumbra de uma garagem, em uma espécie de fixidez cristalina; e quando tudo parece alcançar o clímax da quietude, quando tudo na noite parece inverossimilmente real, à sua maneira eterno, isso que divide a quietude dá um passo para trás, o nó da persistência se desata, e aos olhos de Enzatti as coisas começam a se desfazer. Não que desabem, é claro; mas estremecem, como voltam a vibrar agora os harmônicos do grito no crânio de Enzatti, e a umidade lhes tira solidez. Lãs de um malva-escuro rabiscam a corpulência do edifício em frente. Onde até agora há pouco havia um semáforo se vê um inchado nimbo verde, depois uma piscada dourada, depois nada. Será possível que o bairro esteja se cobrindo de névoa, se pergunta Enzatti, ou é o esquecido que volta em uma mortalha de fumaça?

Da lâmpada que na esquina pende sobre o pavimento, em uma encruzilhada de fios invisíveis, se derrama uma agônica claridade de magnésio. A lâmpada balança sozinha, porque não há vento, para esquivar algumas franjas de névoa negroide. Qualquer coisa que se possa ouvir, grilo ou ambulância, está vedada a Enzatti, não só porque o eco do grito continua lhe ocupando a cabeça, mas, sobretudo, porque está absorto na espera. Vê coisas determinadas, no entanto, e o que vê agora é, a uns trinta metros, onde o muro crivado de cacos de vidro que limita o terreno baldio se interrompe na calçada, uma dobra nas ondas malvas da névoa. A dobra se encurta e se alarga, se arredonda, incha e irrita como uma ferida mal costurada e, gotejando uma rebarba esbranquiçada, arrebenta para criar uma silhueta vermelha.

É uma mulher. Usa uma espécie de bata, ou um arruinado vestido de noite de um vermelho vivo e sujo, um tanto pesado para o calor que faz, e no rosto uma dureza atônita, como se acabasse de atacar alguém que à primeira resistência se desvaneceu. Pendurada no ombro esquerdo, uma sacola de lona lhe curva o corpo; na mão direita leva um pau.

Não muito mais se vê da mulher na escuridão do terreno baldio, agora que bordeia o muro, corta a névoa e adentra o matagal. Não vê Enzatti ou quer ignorá-lo, mas parece mais que não o vê, e é compreensível, porque entre esse muro e o jacarandá caído media toda a extensão do terreno baldio, que não é pouca. A mulher tropeça em alguma coisa, cambaleia, o vestido se engancha em um cardo, ela afasta os galhos com o pau. Quase apagada agora pelo mato e pela neblina, se agacha junto aos restos de um pilar de alvenaria. Depois de ficar um tempo trabalhando, colocando coisas na bolsa, suspira ou se queixa, até que penosamente volta a se erguer. Quando o rosto surge no meio do mato, parafina molhada, os lábios se estiram um pouco, e ao mesmo tempo as maçãs do rosto se incham como se a mulher fosse uma medalha que quer adquirir espessura.

Enzatti pensa que a mulher precisa soltar um som e não pode; nota isso na careta, no aborrecimento com que brande o pau, como se estivesse furiosa ou decepcionada. E ao mesmo tempo se dá conta de que em nenhum momento se perguntou, ele, se a voz que o tirou da cama era de homem ou de mulher. Não sabe, mas não perguntou; e agora quer recuperar a lembrança do grito e não consegue.

Grudada no muro, resfolegando sob o novo peso da sacola, a mulher volta para a calçada. Subitamente convencido de que foi ela quem gritou, Enzatti decide se afastar do jacarandá. Enquanto se levanta, desesperado para alcançar a mulher, tem uma consciência abundante do movimento, do seu próprio progresso lento, como se estivesse afundando em gelatina. Este entorpecimento não dura muito, mas o suficiente para que a mulher leve uma boa vantagem; e com a distância a ansiedade de Enzatti aumenta.

36 anos

Meio da tarde. Em uma rua de calçadas largas, de ladrilhos partidos pelas raízes de árvores velhas, apoiado em um poste solitário Enzatti esperava um ônibus sob uma garoa pesada, rumorosa, opaca como limalhas de ferro. Vinha de vender uma leva dos vestidos de mulher que fabricava, em outro bairro o esperava outro cliente e, em-

Aspectos da vida de Enzatti

bora talvez não estivesse, se sentia muito apertado de tempo. Incomodava-o, além disso, que não se oferecesse à vista nada interessante, e além do mais Enzatti não era dos que viam com facilidade. Mas então viu uma coisa. Na mesma calçada onde estava parado, ao virar a cabeça, viu, sob a luz verde-cinza, uma escada de alumínio apoiada na parede de um balcão fechado por perigo de desmoronamento. A informação era dada por um cartaz pendurado em um balaústre do balcão: *Perigo de desmoronamento*, dizia; mas essa eloquência cortante não conseguia atenuar o ridículo da escada, a solidão, a aflição que de repente deixou Enzatti quase sem fôlego. O ônibus não chegava. Parecia que a garoa ia se acumulando nos degraus da escada, e aglutinada se precipitava em gotas grossas cujo destino Enzatti não chegava a ver, porque a mureta do balcão o impedia. O m de *desmoronamento* estava descascado, e Enzatti, incontível, se perguntou que sentido tinha isso, o balcão em perigo, a escada abandonada, e perguntou por que não teria conseguido suportar que a aflição que sentia fosse gratuita. Apesar de tudo, havia, como um campo magnético, uma calma esmagadora ao redor da parada, e ao redor dele; mas talvez fossem a escada e o rumor metálico da garoa que exigiam um sentido para o instante. Na calçada da frente, sobre a marquise de uma farmácia, um relógio digital marcava dezesseis e vinte e três. Enzatti se concentrou, muscularmente inclusive, nos números formados de pontinhos de cor púrpura. Quando o último dígito mudou de três para quatro, em um paroxismo de discrição, os músculos do pescoço disseram a Enzatti que, se ele se virasse para olhar a escada de alumínio do balcão abandonado, ia ter uma revelação. De modo que Enzatti se virou, e a teve. A revelação era que tudo continuava desaforadamente igual, como se o salto do três para o quatro no relógio digital tivesse concentrado toda a indiferença da eternidade. As vetustas árvores da rua se agitaram um pouco, provavelmente pelo vento, e Enzatti sentiu misturados fedores de forja e de quinina. O corpo se expandiu, disposto a enfrentar o ônibus que já se aproximava. Na jactanciosa imobilidade da tarde, o ônibus representava finalmente o consolo de uma direção, o ônibus era o sentido, algo que *transportava*, embora talvez a outro ponto do repouso ou da tristeza. Mas Enzatti não o recebeu com alívio, não entrou com toda a decisão necessária na lógica dos câmbios e das trocas, pagar ao motorista, receber a passagem ou empurrar um pouco. Enzatti pensou que a escada de alumínio tinha lhe devotado certa intimidade com o inalterável, o obstinado, o que não significava nada. Dois dias depois, meditando ainda, se atreveu a escrever um poema humorístico:

> *Adeus, instante.*
> *Gostei porque foi lento e, quando você já se*
> * afastava,*
> *Só com mexer a cabeça consegui lhe ver um pouco*
> * mais.*
> *Agora que reflito,*
> *me lembro de que você era loiro, escarpado,*
> *com algo como uma leve penugem exterior*
> *e um poderoso ar de lamelibrânquio.*
> *O que não sei bem*
> *é o que tinha dentro.*

Aspectos da vida de Enzatti

"Custa-me acreditar que seja seu", disse seu amigo Bránegas quando Enzatti lhe mostrou o poema. Sabia que Bránegas não era indiferente à poesia lírica, por mais que preferisse os romances, e que se a evitava era sobretudo por inveja. Enzatti sentiu uma tentação imensa: dizer que de fato o poema não era dele, mas um dom outorgado naquele instante: que de certo modo o poema se escrevera sozinho. Além do mais, era o que pensava. Mas em vez disso agradeceu a Bránegas o comentário, porque o considerava um elogio, e guardou o poema em uma pasta esperando voltar a encontrá-lo no futuro, de tarde em tarde, como uma anomalia persistente, irremediável.

42 anos

Tropeçando ele também nos tijolos, nas garrafas, Enzatti sai para a calçada atrás da mulher. A uns trinta metros o vestido vermelho afunda na bruma como uma papoula nos vapores de uma cratera, leve, final, envolto em borbulhas, decidido a levar o grito que Enzatti precisa interrogar porque guarda lembranças dele, revelações, e Enzatti, pesado de sono, tenta apressar o passo como se travar contato com essa mulher, ajudá-la se couber, mas, sobretudo, perguntar por que gritou, pedir que grite de novo, fosse o único dever decisivo que teve em muitos anos. Um atrás do outro, distanciados, os dois atravessam a rua. O fato de que a mulher tenha começado a usar o pau como bengala não a torna mais lenta; ao contrário. Enzatti chega à garagem da outra calçada quando ela já o deixou muito para trás.

E nisso se volta a ouvir o grito. O grito que quase uma hora atrás o arrancou do centro da noite.

Enzatti para subitamente diante da entrada da garagem.

Como a garrafa de champanhe contra o casco do paquebote, o grito se despedaça para que a massa da noite escorregue cansativamente para a realidade. E, embora não deixe de haver muitos ecos no crânio de Enzatti, sufoca-os o imediatismo quase cínico que adquirem os ladrilhos, as manchas de diesel no degrau de cimento da entrada da garagem, o cheiro do diesel, a bruma que começa a se dissipar entre os plátanos e, é claro, o grito que agora insiste. Um grito de homem, imperioso e expectante. Vem do fundo da garagem.

Agora terá que se ver com a reação. O grito é de homem: está, por assim dizer, ao alcance da mão, em um ponto de uma escuridão com forma e acidentes; é um chamado concreto; se repete como se tivesse detectado a presença de Enzatti. O vestido vermelho da mulher da sacola não se perdeu de vista, porque a névoa continua se dissipando, mas está longe demais e não pode importar mais que um lenço encontrado em um córrego. A noite se estanca; mais que um sistema, parece um mingau claro. E, enquanto no crânio de Enzatti os harmônicos revoam, frenéticos, ecoantes, cada um acoplado a uma lembrança que quer se reivindicar, a frágeis miçangas de tempo, cai sobre o conjunto um estupor embaraçoso que lhe é alheio, verdadeiro, que os sons combatem, mas que de qualquer maneira os infecta de frustração.

Este grito que agora chega a Enzatti e só para ele tem um sentido muito preciso. É tão impossível hesitar quanto separar o grito das hierarquias do mundo, aqui um pedido, lá uma advertência, ou continuar pensando que era uma mensagem do profundo, do lamacento e caótico, do descomunal.

E, no entanto, é estranho que o grito não se repita periodicamente e que a agitação dos harmônicos na cabeça de Enzatti, sua agitação subversiva, vá do arrebatamento à indolência, funcione por arrebatamentos. O grito, e o que o grito desperta, é imprevisível. É um grito humano real, não imaginado, finalmente, e Enzatti entende que por isso não consegue introduzir uma clareza completa. Se o chamou, se o expulsou do centro da noite, não é para instalá-lo na clareza, e sim para lhe apresentar diversas formas do enigma. De modo que Enzatti presta atenção; e o grito ecoa dentro e fora do seu crânio, ao mesmo tempo como um disparo de saída e como um gongo de culminação, e diz: Sou a noite, sou o indiferenciado, posso me servir de todas as vozes, e para mim qualquer voz é a mesma coisa. A noite é a mãe dos gritos.

Um gato. Um gato marrom se esfrega na suada perna direita da calça de Enzatti, bastante arrepiado, como se dissesse "vamos ver se calamos este grito". O evidente miado não se ouve. E Enzatti entra na garagem. O gato prefere ficar na rua.

Dentro a desordem o confunde um pouco. Choca-se com uma moto sem rodas que cambaleia no cavalete, roça com o quadril o para-lama de alguma coisa que, ignora por que, mentalmente chama *sedã*. No geral há caminhões, é uma garagem grande e lotada, há ônibus, rampas oblíquas, enquanto as pupilas de Enzatti se acostumam ao que não é escuridão, mas penumbra, que se cruzam com outras rampas, a sugestão de níveis intermináveis, sucata e Piranesi. Fugazmente Enzatti se pergunta pelo valor das cores nas trevas, mas, embora tente reconhecer os verdes metalizados, as grandes manchas de ferrugem em carrocerias velhas, o grito o impede de se deter. Talvez Enzatti, na verdade, queira voltar para a crise febril de seu crânio, inclusive à doçura da angústia.

Não consegue. O grito o dirige. Além disso, se define: voz robusta de barítono, um pouco limada, não pelo tabaco, mas pelo uso excessivo, traços de nervosismo crônico controlado pela pirueta dos anos.

No fundo, por fim, no fundo da garagem, há um compartimento que deve servir de escritório, com três biombos de vidro e aglomerado contra uma parede de tijolos. À esquerda, um desmantelado caminhão Reo parece que vai cair sobre uma rampa de lubrificação. Enzatti está em frente a um corredor que, pela luminosidade que se divisa ao fundo, deve levar a um pátio. Mas o solo está aberto, como por um desmoronamento. E para seguir adiante terá que passar por uma ponte de uns quatro metros feita com tábuas. As tábuas estão bastante descentralizadas, alguém caiu num buraco. Cético, Enzatti apoia um pé na mais confiável, que se verga; e está tentando se firmar quando uma voz, a mesma de toda a noite, mas já serena, próxima e fatigada, lhe diz que não é preciso atravessar. É aqui, diz. Estou aqui embaixo.

A tarefa de ajudar o homem a sair é tão árdua quanto pouco nobre. Tentam com uma tábua apoiada na borda do buraco, com uma cadeira, uma gaveta e a mão de Enzatti, mas o homem é gordo, provavelmente está ancilosado, e ainda por cima é medroso. Finalmente Enzatti encontra uma corda, sempre há uma corda, amarra-a ao para-choque de uma caminhonete, puxa, e o homem, agarrado na outra ponta, emerge, inexpressivo como um javali morto em uma armadilha.

23 anos

Era uma manhã de outono, porque havia folhas molhadas nos ladrilhos da cidade, e tinha parado de chover quando Enzatti entrou em um banco com o guarda-chuva fechado na mão. Enquanto fazia fila para cobrar o cheque, fechou o guarda-chuva e o apertou como se fosse um porrete, espantado consigo mesmo, antes de colocá-lo na maleta, entre o jornal e os folhetos do laboratório e as amostras grátis de representante farmacêutico, espantado de que a mão precisasse apertar algo arrojadiço ou contundente, algo que consumasse uma descarga. E foi porque estava imerso no espanto que não viu que o cara entrava, resfolegando, exagerado e, passando a frente de uma mulher com sacolas de mercado e um ruivo com capa de chuva, entrava na fila a cotoveladas. Além do balcão e do guichê, entre a caixa e o cara havia uma enfermeira que acabava de receber seu dinheiro, contando-o, e mais dois clientes entre o sujeito e Enzatti, que agora finalmente despertava. O gerente da sucursal falava ao telefone em uma mesa. O cara estranho empurrou a enfermeira, desinteressado das notas que a moça tinha guardado na bolsa, e tirou de uma capanga um Strom 47, esse revólver extravagante, e não a escopeta que estava enfiada no cinto, sob a gabardina azul molhada, e que Enzatti acabou por ver claramente quando o cara, com um giro preciso, abrangeu todos os clientes com o cano brilhante antes de dar várias ordens à caixa. Com a escopeta, cada vez mais intimidador, quebrou o vidro do guichê. Mandou abrir a portinha, apinhou os clientes do outro lado do balcão, cortou os fios, colocou a caixa e o gerente contra a parede para lhes explicar como queria receber o dinheiro, mas só depois de atirar nos pés do ruivo gritou para os outros que se jogassem no chão; era admirável a desenvoltura que tinha e pavoroso como lhe tremia a mão que empunhava o Strom. Usava a escopeta para golpear, mas se alguma coisa persuadia, era sua voz: neutra e temerária, não rancorosa, mas sólida e natural e múltipla como uma chuva de granizo, e ao mesmo tempo um pouco triste. Enzatti iria se lembrar dessa voz, o meio-tom nunca truculento, como um poder de organização acima de tudo. Menos de três minutos tinham passado e aquele cara estrábico e felino, com as comissuras brancas de saliva seca, tinha imposto seu planio a sete pessoas, otimizando a violência, e sem ocultações nem exibições estava para receber todo o dinheiro que houvesse na sucursal. Mas como então chegou um dos patrulheiros da cidade, e o policial, que ia entrar no banco, viu o vidro da porta rachado de repente por um tiro, em um instante havia um cordão de cinco agentes na calçada, sirenes rugindo e um jipe do exército. Enquanto isso, tinham trocado gritos. O cara tinha avisado que os dois funcionários e os cinco clientes eram reféns. O gerente, convertido em mensageiro, transportava incríveis termos de negociação. O ruivo da capa, por neurastênico, ganhou duas bofetadas. Passaram três horas. Nem uma mulher que neste lapso se apaixonasse loucamente por ele, o suficiente para perder várias noções de realidade, teria acreditado que o cara escaparia. Se alguém o esperasse em um carro, certamente teria se mandado. E que ele mesmo farejava a derrota se notou nas confissões que decidiu fazer, enquanto todos comiam uns tomates repartidos pela mulher das sacolas de mercado. Enzatti só ia se lembrar do substancial dessas confissões: a experiência do sujeito em um dos adversos exércitos de libertação que tinham controlado várias áreas do país durante vários anos e a exasperante busca de emprego depois que os dois exércitos tinham entregado as armas ao governo democrático. Uma busca inútil para alguém que, de tanto fazer guerra para instaurar a democracia, não tinha conseguido aprender nenhum ofício. Foi quando contava uma parte tenebrosa dessa história, um lance que Enzatti esqueceria talvez porque fosse menos chamativo, que o cara pisou em um pedaço de tomate que ele mesmo tinha jogado no chão. Enquanto caía soltou o Strom 47. O tiro que escapou do revólver arrancou um pedaço de ombreira da gabardina azul. O cara tentava se erguer para empunhar bem a escopeta, e o revólver girava nos ladrilhos. Dos sete reféns Enzatti não era o que estava mais perto, mas de qualquer forma estava a menos de três metros e ainda tinha a maleta na mão. Levantou-a e a atirou no ombro do cara com uma força que, curiosamente, sempre acharia que tinha lhe sido dada pelo desassossego. Outro refém chutou o revólver, e outro a escopeta que o cara tinha soltado. Mas a pergunta que Enzatti ia voltar a se fazer não seria nunca como se atreveu a dar esse golpe, e sim por que imediatamente, quando o cara já estava caído e alguém lhe apontava o revólver, ele, Enzatti, tinha voltado a bater nele com a maleta, agora na cabeça, com a mesma força. Na verdade, a parte da maleta que desta vez tinha dado na cabeça do cara tinha sido o canto, e sobretudo uma das cantoneiras metálicas. Quando estavam levando o cara, menos de dois minutos depois, tinha tido tempo de ver o emplastro de betume de sangue e cabelo sujo no cocuruto, talvez um pouco mais abaixo. Custou tão pouco a Enzatti perceber por que tinha dado o segundo golpe que por muito tempo teve medo e nojo; mais difícil, no entanto, era explicar a razão aos outros. Não só porque Enzatti não era eloquente, mas porque os outros queriam a anedota, não sua interpretação. E até da anedota se cansaram com o tempo, por mais que custasse a Enzatti suportá-la e quisesse discuti-la toda vez que podia: porque a realidade estava cheia de fatos macabros. A realidade era uma notícia macabra em si mesma, havia milhares de crianças vivendo em esgotos, novas doenças, a todo mundo tinham aproximado alguma vez uma navalha das costelas, e até o próprio Enzatti teve que aceitar que uma grande diversidade de horrores eventuais era mais suportável que a pergunta por um único horror repetida até o tédio.

42 anos

O homem que Enzatti ouviu gritar e ajudou a sair do buraco é musculoso, cinquentão, com o pescoço um pouco volumoso pelo bócio e uma careca discreta. Resfolega, não porque esteja cansado, mas porque não encontra razão ou alvo para a amargura.

Um instante depois, enquanto fumam na penumbra sentados em gavetas, Enzatti deve reconhecer que o homem é chato, tendendo a dogmático, mas afável. Fala, o homem, que quando se está na situação em que ele esteve até há um instante, sempre se sabe que na manhã seguinte, no mais tardar, a coisa vai se solucionar; mas que de qualquer forma custa muito esperar. Comenta, e comenta como se caísse muitas vezes no buraco, como se praticasse para se acostumar, que lá embaixo a gente pensa no muito que a família se preocuparia se soubesse o que está acontecendo.

Primeiro a gente grita, diz o homem. Mas em seguida começa a não saber se deve ou não gritar. Porque é noite, e as pessoas estão dormindo, e certamente de manhã vão resgatá-lo, isso é batata. Mas depois a gente fica nervoso e volta a gritar. O que o impediu de gritar muitas vezes foi se dar conta de que não tinha quebrado nada físico.

E esclarece que, se não quebrou nada, nenhuma costela, é porque em outro tempo foi lutador. Era especialista em luta greco-romana. É evidente que um lutador deve ser especialista em quedas. E, além disso, ele não só praticou luta greco-romana; durante alguns anos viajou com uma trupe de *cachascán*, se maquiando de japonês e se fazendo passar por campeão de sumô.

Enzatti pensa que ele não é o único que nesta noite sentiu a volta do esquecido. Embora provavelmente o homem nunca tenha esquecido o que lhe está contando.

Segundo o homem, o mais incômodo da situação em que esteve era que, em alguns instantes, não sabia se ficava calado para não despertar os que estavam dormindo, porque sabia que ninguém ia ouvi-lo, ou porque temia que ninguém fosse tirá-lo embora o ouvisse. Por instantes, além disso, preferia ficar calado porque o grito retumbava entre os carros e voltava planando para ele, como se quisesse esmagá-lo.

De qualquer forma, diz a Enzatti, agradeço muito.

Fumam.

Não resta muito a fazer. Além disso, Enzatti quer ir embora porque a voz do homem, cada vez mais vigorosa e regular, se torna espessa na escuridão da garagem, se alia ao cheiro do diesel, inclusive ao cheiro do suor do homem, e aplaca os sons que, embora castigados, mantêm a insurreição no seu crânio.

Despedem-se. O homem, que o vigia da garagem, dá mais alguma explicação enquanto, em vez de acompanhá-lo até a entrada, se enfia no escritoriozinho. Fugindo da solidez desta voz, Enzatti busca rapidamente a rua. Alguns instantes tocados pelo grito afloram ainda no lamaçal do negado. Sons rebeldes se chocam entre si, confundidos.

O importante, pensa Enzatti enquanto apressa o passo pela calçada, é que a claridade não os mate. Mas este raciocínio é arteiro: Enzatti sabe muito bem, agora que o cansaço o ataca nos joelhos, nos cotovelos, que o que lhe aconteceu não é explicável. De qualquer modo o alivia que o silêncio tenha voltado a se inundar de névoa, tanta que, começa a perceber, vai dar bastante trabalho colocar a chave na fechadura.

Aspectos da vida de Enzatti

Um instante depois está no quarto, nu, ocupando sua metade da cama. Celina continua dormindo. Enzatti ouve o rumor nada esquivo da respiração dela, a olha na escuridão violácea e deixa de ouvir. Tudo menos a lembrança do grito, multiplicado e vibrante, como uma síntese artificiosa de todas as noites.

Tradução de Maria Alzira Brum Lemos

Lixo para as galinhas

Claudia Piñeiro

Ela começa a amarrar o saco plástico preto. Puxa as pontas para fazer o nó. As tiras, porém, ficaram curtas. Ela encheu demais o saco, já nem sabe quanto nem o que meteu ali dentro para enchê-lo: tudo o que foi encontrando pela casa.

Ergue o saco pelas bordas e o sacode para cima e para baixo com golpes curtos e secos, para que o peso do lixo comprima o conteúdo e libere mais espaço para o nó. Ela amarra duas vezes, dois nós. Certifica-se de que o laço ficou bem firme puxando o plástico para os lados. O nó fica apertado mas não se desfaz.

Ela deixa o saco de lado e lava as mãos. Abre a torneira, deixa a água correr enquanto enche as mãos de detergente. Quando era menina, não tinha detergente em sua casa — usavam sabão em barra, quando tinha —, e agora ela tem, traz o detergente que compram de galão no seu trabalho. Enche uma garrafa de refrigerante vazia e enfia na mochila. Tampouco tinha saco plástico quando era menina, sua avó botava num balde todas as sobras que podiam servir para adubar a terra ou alimentar as galinhas, o restante ela queimava atrás da cerca de arame, na estrada de chão. No balde iam cascas de batata, miolos de maçã, alface podre, tomates já passados, cascas de ovo, erva de chimarrão lavada, tripas de frango, o coração, a gordura. Desde que mora na cidade, no entanto, ela usa sacos plásticos, sacolas de mercado ou compradas especialmente para carregar lixo, como o que acaba de amarrar. Em um mesmo saco ela bota todos os restos sem separar, porque onde mora não tem galinhas nem terra para adubar.

Fecha a torneira e seca as mãos com um pano limpo. Olha o despertador que deixou aquela tarde em cima da geladeira, é hora de colocar o saco na rua para o caminhão de lixo levar embora. Caminha pelo corredor estreito compartilhado por todos os vizinhos. Na mão esquerda, segura firme o saco pelo nó. Tem de deixar o saco na calçada minutos antes de o lixeiro passar. Na mão direita traz o molho de chaves que pesa quase tanto quanto o saco. O chaveiro de metal é um cubo com a logo da empresa de limpeza para a qual trabalha, da argola prateada pendem as chaves do prédio e de cada um dos cinco escritórios que limpa, as chaves do emprego anterior aonde já não vai mais, as duas chaves da porta para a qual caminha agora com o saco de lixo batendo contra suas pernas enquanto avança, a chave da porta da sua casa térrea de fundos, do porão onde guarda a bicicleta com a qual seu marido vai trabalhar quando tem trabalho, e a da porta do quarto da sua filha, que ela acaba de incluir no chaveiro depois de trancá-la.

Quando chega à porta da rua, dá um tapa na maçaneta, mas ela não abre. Deixa o saco no chão, passa as chaves girando uma a uma na argola até encontrar a certa. Enfia a chave e abre a porta. Primeiro uma e depois a outra — a segunda chave foi colocada depois que entrou ladrão no apartamento "H". Prende a porta com o pé enquanto levanta de novo o saco. No curto trajeto até a árvore onde deixará o saco para os lixeiros, vai abraçada com ele contra o peito. Ao abraçá-lo, nota que a agulha de tricô perfurou o plástico e tem a ponta voltada para ela, como se a acusasse. Ela olha mas não toca. Vira o saco para que a agulha de metal não aponte para ela.

Quando chega até a árvore, apoia o saco mais uma vez no chão, junto com outros sacos deixados antes pelos outros. Com o pé pressiona a agulha para enfiá-la no saco, de onde não devia ter saído. A agulha entra até topar com alguma coisa e então ela não aperta mais, para que não saia do outro lado e seja ainda pior. Fica olhando o orifício perfurado pela agulha esperando ver sair dele algum líquido viscoso, mas o líquido não sai. Se saísse e alguém perguntasse, ela diria que é de qualquer outra coisa que jogou para encher a sacola. Mas do buraco não sai nada.

Brinca com as chaves enquanto espera o caminhão de lixo. Uma a uma, gira as chaves na argola. Está escuro, mas a tarde ainda não terminou, o frio de julho corta seu rosto. Ela esfrega os braços para se esquentar. Agita o chaveiro como se fosse um chocalho. Pronto, já está acabando, ela gostaria de entrar de novo em casa para ver como está sua filha, mas não pode deixar o saco ali sozinho. Tem medo de que alguém fuce no seu saco de lixo buscando algo de útil. Ou um cão, atraído pelo cheiro. Ela sabe que os animais podem sentir cheiros que nós não podemos — onde vivia com a avó tinha animais: cães, um jumento, galinhas, uma vez tiveram até um porco.

Sente frio, mas não pode ir embora e deixar que um cão ataque com voracidade o saco que acaba de tirar para os lixeiros. Na casa da sua avó tinha três cães. Sua avó também usou uma agulha, mas saco plástico não, e sim um dos dois baldes. Aquilo que saiu da sua irmã foi para o balde das galinhas. Ela viu a avó tirando da sua irmã, por isso sabe como fazer: cravar a agulha, esperar, então os gritos, as dores no ventre, o sangue, depois juntar no balde o que saiu e jogar para as galinhas. Ela aprendeu vendo a avó. E foi assim que fez hoje, tal como se lembrava.

Só que dessa vez vai ser melhor, porque agora ela sabe o que tem de fazer se sua filha gritar de dor e não parar de sangrar, sabe aonde levá-la, ela não vai morrer. Na cidade é diferente, tem hospitais ou postinhos de saúde por perto. Sua avó não sabia o que fazer, não tinha um lugar aonde levá-la.

Onde eles moravam não tinha nada, nem mesmo vizinhos. Não tinha molhos de chaves que abrem e fecham tantas portas. Não tinha gente que remexia no que os outros deixavam. Nem sacos plásticos. Não tinha nada. Mas tinha galinhas que comiam o lixo.

Tradução de Mariana Sanchez

Um parente distante

Héctor Tizón

I

O limpador de para-brisas do ônibus se movia com preguiça mecânica. Ninguém parecia se importar com a chuva nem com os campos encharcados. Ao longe, viu um amontoado mal coberto por uma lona cinza e mais adiante o telhado de zinco de um galpão e um cavalo imóvel sob a chuva. Que estranho e familiar parecia tudo. Um cachorro trotava no lodaçal. Mais longe ainda, quase sobre a linha do horizonte, na ponta das estradas arborizadas se viam fugazmente as cidadezinhas; essas pequenas cidadezinhas sempre iguais, chatas e espalhadas na planície interminável, de dias monótonos, sossegados, cruéis e intercambiáveis, de onde a vida foge. Agora as via assim, como certamente as veria sua mãe; então sentiu de repente um leve estremecimento de terror e desamparo ao se imaginar abandonado numa dessas cidades, no entanto tão parecidas com a sua, encurralado aqui, só, levando para sempre e sem remédio uma vida obscura e perversa.

Era a primeira etapa, e anoitecia quando o ônibus parou e os passageiros, não mais que vinte, foram para o bar. Aquilo não era uma cidadezinha, apenas um posto de gasolina com uma lanchonete numa encruzilhada. Quase todos procuraram se sentar às mesas porque vinham acompanhados; ele, de pé junto ao balcão, depois de ler os preços escritos num quadro, sem nenhuma convicção pediu um café com leite. Umas duas ou três lâmpadas estavam acesas no bar, pintado e decorado em outro tempo com um critério deplorável. Um par de moscas sobrevoava sem pressa ao redor de uma redoma que protegia uma pilha de sanduíches.

Duas horas antes, todos haviam saído daquela cidadezinha chata e espalhada nos confins da planície, fundada e desenvolvida em outros tempos, quando as colheitas eram copiosas e chegou a ter um pouco mais de dois mil habitantes, contando os peões temporários, e da qual ele jamais havia se afastado, fora em viagens esporádicas, quando acompanhava seu pai às chácaras e a pequenas cidades vizinhas.

Seu pai foi um homenzarrão de um metro e noventa, filho de um polaco que dois anos depois de chegar se dedicou ao negócio de compra e venda de sucata em pequena escala. Seu pai — que se chamava Víctor, como ele — havia herdado a estatura e o negócio de sucata do avô, e com muito trabalho e a ajuda da Segunda Guerra Mundial prosperou, embora apenas na medida em que era possível prosperar naquela cidade: o suficiente para comprar a casa onde moravam, povoar melhor o galinheiro e a horta, e adquirir um piano de segunda mão para sua esposa, com o qual ela tocava nas festas. Depois seu pai morreu numa madrugada,

Um parente distante

quando voltava bêbado pelo trilho, atropelado por um trem que ia para o sul.

II

O rapaz do bar botou a xícara de café com leite sobre o balcão e continuou lendo atentamente o jornal. Ele também havia comprado um jornal, pela primeira vez em sua vida, quer dizer, primeiro jornal para ele, que agora levava dobrado no bolso e ainda nem tinha olhado.

Já eram sete horas, mas nada de amanhecer. Pelos grandes janelões se podia ver a paisagem empapada na semiclaridade da neblina, sempre a mesma ao longo de centenas de quilômetros, apenas ondulada, com poucas casas ou chácaras, as pás quase imóveis de alguns moinhos e, de vez em quando, as manchas escuras de pequenos bosques de eucaliptos. E as estradas ou os atalhos estreitos e enlameados que ligavam os exíguos casarios, iguais aos que agora em sua memória percorria junto com seu pai.

O café com leite esfriava. Muito perto dele um homem velho e três mulheres comiam uns bolos que sem dúvida tinham trazido consigo embrulhados no papel no qual agora cuidadosamente botavam as migalhas caídas na mesa.

Numa das paredes havia um cartaz em que se lia: "Cidadão: ganha-se a paz combatendo. Alerta à subversão apátrida. Se você vê ou ouve algo que pareça suspeito, denuncie!"

Perto do cartaz, em outra mesa, viu uma velha vestida de luto e uma garota mais ou menos de sua idade que nem falavam nem comiam; a garota tinha os olhos grandes e verdes e os cabelos tão claros como os da mãe dele, no retrato emoldurado sobre o aparador.

Seu pai havia sido um mulherengo, mas ele levou muito tempo para compreender. E quando soube, compreendeu também a razão das discussões e dos choros de sua mãe quando seu pai voltava e se trancavam no quarto tentando que ele não os ouvisse. Um dia o escândalo foi maior, e sem dúvida ele mesmo teve boa parte da culpa. Aconteceu quando ainda não tinha feito dez anos e seu pai — como lhe ouviu dizer — se achava no topo da vida. Foi numa daquelas andanças pelos casarios e cidadezinhas da comarca quando iam juntos de casa em casa para comprar trastes de ferro, cobre e zinco: camas fora de uso, pedaços de encanamentos, grades corroídas de arados inúteis. Em outras viagens, ele pôde ver, enquanto o esperava sentado na boleia do carroção, que algumas dessas visitas eram muito mais prolongadas que outras. Aconteceu então que na pequena granja onde vivia uma viúva, muito alta e robusta, a quem seu pai tratava com deferência especial e respeitosa, um dia entrou "para fechar", disse, "o negócio". Mais de uma hora havia transcorrido — em que ele se distraiu procurando ninhos de joão-de-barro e coisas assim —, quando de repente ouviu gritos; era a mulher robusta que chamava da varanda. Entrou correndo na casa atrás da mulher — agora lembrava — nua sob sua bata entreaberta, com o cabelo solto e emaranhado, descalça. Seu pai havia sofrido um desmaio, e ele o viu, também nu, enorme, com meio corpo caído para fora da

Um parente distante

cama. Não parecia muito bêbado. Quando a mulher se acalmou, ajudou-o a vesti-lo e depois, entre ambos, conseguiram que se sentasse e bebesse um trago de aguardente. Ao fim de um instante, seu pai pareceu se reanimar, a mulher desapareceu nos fundos da casa, e não a viu mais. Mal conseguiram subir no carroção, mas seu pai — ao contrário de tantas outras vezes — não falou uma palavra e nem mesmo assobiou durante o trajeto de volta. Esse dia, em casa, o escândalo foi maior, talvez porque seu pai não teve chance de resposta, nem explicação ou defesa alguma: ao vesti-lo, ele e a mulher robusta haviam esquecido de lhe botar as cuecas.

Desde aquele dia tudo mudou. Sua mãe já não gritava nem dava escândalo, nem mesmo quando seu pai voltava de porre depois de uma ou duas semanas de ausência. Ela se dedicou totalmente ao piano e se tornou muito mais nostálgica e reminiscente que antes, quando lhe contava que na casa de sua família ninguém ia almoçar sem gravata, que seu avô materno havia se arruinado por causa da política e a paixão pelos versos, mas que seus primos de segundo grau — que haviam conseguido fugir do campo para Buenos Aires — eram agora ricos e universitários.

O motorista do ônibus, um homem miúdo e magro que vestia um guarda-pó cinzento, anunciou que a viagem continuava. Todos, com alguma pressa nervosa, começaram se mexer.

A bordo, ele se deu conta de que a garota dos olhos parecidos com os do retrato de sua mãe viajava a seu lado, com o corredor entre eles. O motorista ligou o rádio, e logo o ônibus corria veloz por estradas cada vez melhores e mais movimentadas. No horizonte, também cada vez mais plano, o sol se escondia.

III

O barulho surdo do motor, a calefação e a paisagem monótona da planície repetida além da saciedade lhe provocaram sono. Mas não dormiu como sempre — foi um sono povoado de imagens, de ruídos e de vozes misturadas ou sucessivas, daqui e de agora, ou de antes, de quando sua mãe vinha a seu lado, no pequeno quarto dos fundos, e lhe acariciava o cabelo sem dizer uma palavra, enquanto ele estudava debruçado sobre seus papéis e sabia que ela chorava em silêncio, sem ruído, sem que se notasse, como frequentemente choram os que estão sozinhos. Seu pai havia morrido por causa dos ferimentos do acidente, nos trilhos do trem, e aquela foi a segunda vez que ele teve que ajudar a levá-lo, dessa vez num automóvel. O velório se prolongou por dois dias, até que apareceu o médico da cidadezinha mais próxima, porque o dali havia se casado e estava ausente, em lua de mel. No fim da segunda noite, quando o médico chegou para preencher o atestado de óbito, fecharam e soldaram o caixão, mas na verdade todos disseram que isso era uma vergonha e um escândalo porque a morte havia sido logo depois de uma janta copiosa e o cadáver estava inchado, o que tornou todo o velório mais complicado e penoso.

Na verdade, seu pai havia passado pela vida sem pena nem glória. Talvez sua mãe o tivesse amado, pelo menos no começo, embora nunca deixasse de pensar no mau

Um parente distante

negócio que foi seu casamento. Mas ele a tinha amado a seu modo — vai ver, sem se dar conta —, e isso parecia evidente principalmente quando assobiava ou cantava — nunca podia lembrar mais que uns dois versos de suas canções, o resto supria assobiando — ou fazia comentários sobre muitas coisas, quase sempre relacionadas consigo mesmo, e mais ainda quando bebia um pouco. Por exemplo: "Tua mãe acha que as pessoas melhores são as que leem livros e querem ser deputado ou doutor. Ela acha que só os ricos têm perdão; e se chateia comigo porque não sou de outro modo. Mas eu sempre ouvi dizer, desde que tinha tua idade, que não se pode fazer uma colcha de seda com a orelha de um porco."

Chovia outra vez. Ele não podia se concentrar num assunto apenas, perambulava como em sonhos, mas desperto e atento, principalmente aos pequenos detalhes: as costeletas espessas do motorista e o vermelho Coração de Jesus de latão colado acima do para-brisa; os passageiros em silêncio dócil e confiante. Ao olhar para o lado, surpreendeu, olhando-o por sua vez, os olhos verdes da garota junto à mulher de luto. Nunca tinha saído de sua cidadezinha e no entanto esta longa viagem não o surpreendia nem o preocupava. Num livro — seu primeiro livro sem imagens coloridas, que sua mãe havia comprado pelo correio para lhe dar de presente quando fez doze anos — havia lido que nas viagens, nas viagens tristes dos jovens que abandonam seu lar para se tornarem homens na cidade grande, sempre chovia. Além do mais, a paisagem não havia mudado. "Não quero que você seja como teu pai." A voz de sua mãe era doce e distante e muitas vezes parecia que falava como nos livros. "Ele podia ter sido melhor, podia ter sido rico; mas preferiu andar vagando por aí numa carroça. Em troca, teu tio prosperou porque foi embora." Como era seu tio? Chegou a pensar que nem sua mãe sabia. "Gostava muito de você", disse ela. "Foi embora daqui quando me casei." Quando ele era pequeno, o tio, que não tinha comparecido a seu batismo porque já era rico e ocupado, havia enviado uma bengala de pau-santo com empunhadura e ponteira de prata, que sua mãe guardava no armário da sala de jantar, junto com o Menino Jesus de porcelana e duas galinhas de cristal que se abriam ao meio. Seu pai nunca quis falar desse parente: "Jamais saberá pra que servem as mãos de um homem", foi tudo o que disse sobre ele. "Não porque tenha sido sempre assim, mas porque quer esquecer. E isso é o pior."

Já não chovia e o sol entre as nuvens era como uma reverberação penosa sobre os campos quando o ônibus parou de novo, agora diante de uma pousada, nos arredores de uma cidadezinha. "Meia hora", disse o motorista antes de desaparecer.

A cena da parada anterior repetiu-se novamente: a ida aos banheiros, a ocupação das mesas, só que havia mais e várias ficaram vazias. E, agora, o barulho estridente de um toca-discos automático. O garçom do bar usava um gorrinho branco que não cobria uma mecha de cabelo quase branco, igual às sobrancelhas e aos cílios. E era sardento. Ele se deteve perto da porta sem se atrever a ir até o balcão, amedrontado pela ideia de um café com leite. Outra vez os passageiros abriram seus pacotes de lanche sobre as mesas e pediram cerveja ou refrigerante. E outra vez a garota dos olhos verdes ocupou

Um parente distante

uma mesa junto com a velha enlutada, sem que nenhuma falasse. Agora ele prestou atenção à velha, de olhos fundos e maçãs do rosto salientes, escura e de ar maligno como a figura de uma velha de contos de fadas. Em suas mãos apertava um lenço pequeno. A garota olhou-o de novo. Ele caminhou dois passos em direção ao toca-discos e parou, depois foi até o balcão. Estava se olhando no grande espelho do fundo, manchado pela negligência, quando se deu conta de que alguém — um homem de meia-idade, o mesmo que havia viajado a seu lado — lhe oferecia um cigarro. Ele não fumava. O homem usava um terno claro, num xadrez exagerado, e um chapéu panamá. Agora ele lembrou seus primeiros cigarros, um maço com o desenho de um cavaleiro. Com o segundo teve náuseas e vomitou. A professora chamou sua mãe, que então tocava o piano na sala de música, e o levaram para casa no carro do diretor. Teve que confessar e além disso dizer que havia roubado as moedas que sua mãe guardava na pequena gaveta das velas com que iluminava a Virgem do Vale. Ela chorou a tarde toda, talvez pensando que ele seguiria as pegadas de seu pai.

 O homem do terno xadrez exagerado estava lhe perguntando se era a primeira vez que ia a Buenos Aires. Ele levou alguns segundos para compreender a pergunta.

— San Isidro — disse.

— O quê? — disse o homem.

— San Isidro. Vou pra San Isidro.

— Claro, filho — disse o homem. Tinha a cabeça redonda e calva e passava um lenço nela, certamente por hábito. — San Isidro não é nada. Primeiro, Buenos Aires; San Isidro é um bairro.

117

— Claro — disse.

"Claro" era a palavra preferida de seu pai. A palavra que usava para tudo: para negar e para aceitar; para não ficar calado.

Depois o homem pegou a pequena maleta e, colocando-a sobre seus joelhos, ao lado da mesa, abriu-a.

— Teria interesse por algum? São bonitos — disse. Eram relógios de pulso. — Te daria por uns trocados.

— Uns trocados?

— Bom, pelo preço de custo, digamos.

— Não posso gastar — disse ele.

— É baratinho, quase nada.

— Só tenho o suficiente pra chegar.

O homem já tinha um dos relógios entre os dedos, com mostrador azul e o desenho de uma sereiazinha, e o olhava como a uma joia.

— Só dois pesos — disse. — Pra eu não levar de volta. É o único deste tipo, vendi todos os outros.

Mas ele tinha se distraído, olhando a garota perto da velha imóvel.

— Claro — disse o homem do terno xadrez. — Tudo bem. Eu também não compraria um relógio na tua idade... Você gosta, não é?

— Gosto — disse ele.

— Bem bonita — disse o homem, secando a cabeça. Mas ele achou que o homem falava do relógio, e só quando acrescentou: "Essa bruxa velha deve ser a vó", se deu conta de que falava da garota.

— É nessas viagens que a gente passa a conversa nelas — disse. — Eu estou fora, claro. Estou cansado e meio gordo. Mas é preciso fazer durante a viagem, agora mesmo, não depois. Nada de promessas. Depois de uma viagem as mulheres mudam; quando chegam já são outras e não te conhecem mais. Durante as viagens as pessoas sonham e é fácil. Até a gente mesmo, ao chegar, muda. Esta é tua primeira viagem, não?

O homem havia fechado sua pequena maleta onde guardava os relógios, e agora o jovem pensava na sua, uma mala de papelão que imitava couro e que seu pai havia trazido ao se casar, incorporando-a como um bem de família. Nela sua mãe havia posto todo o seu enxoval e também o cartão-postal que o parente tinha enviado a eles para umas festas de fim de ano, já gasto e amarelado.

Agora ele, enquanto o ônibus corre veloz por uns campos férteis e umas cidadezinhas, lê de novo esse papel escrito por sua mãe com o endereço do parente e o de uma pensão barata na rua Pueyrredón, onde ela e seu pai haviam ficado durante a lua de mel. Chuviscava outra vez, mas a paisagem não era triste.

O motorista aumenta o volume do rádio, porém o desliga em seguida. E só resta o barulho do motor que ninguém percebe e o do ônibus deslizando velozmente pela estrada molhada, como um leve estalido.

Acordou ao perceber as vozes e o movimento dos passageiros. Não era tarde, mas já escurecia, e ele viu os soldados apontando as metralhadoras para eles; os soldados não eram muito mais velhos que ele, mas pareciam duros ou adultos com as armas na mão naquele descampado, sujeitos às terminantes vozes de comando. Todos desembarcaram com as mãos para cima e, enquanto os soldados desciam as malas do ônibus, outros examinavam a documentação dos passageiros. Ele observou as barreiras atravessadas na estrada; outra vez começava a chuviscar, mansamente, e quase todos tentaram se proteger perto do ônibus.

— Três passos pro lado, todos! — gritou um dos oficiais. — Um pouco de água não vai desbotá-los.

As pessoas obedeceram em silêncio. Quando chegou a vez dele com os documentos, o mesmo homem que comandava lhe perguntou:

— Quantos anos?
— Está aí — disse ele.
— Quantos?!
— Vou fazer dezessete.

O oficial o olhou, com sua lanterna na mão; pareceu ter dúvidas.

— Esta foto é de quando você usava fraldas. Tem que trocá-la. E já.

Ele guardou o documento e então se deu conta de que estava numa poça e que tinha os pés molhados. Depois todos voltaram para o ônibus que começava a deslizar, outra vez, pela noite. Ninguém disse uma só palavra. Nem mesmo o homem que vendia relógios.

IV

Fazia tempo que caminhava lentamente por essa rua, à altura indicada no papel, sem topar com a pensão. Na verdade todos os edifícios pareciam iguais, e ele notava que as pessoas, tão numerosas naquela rua como em toda a sua cidadezinha, caminhavam apressadas. Por fim se

Um parente distante

decidiu. Quase na esquina, um homem corpulento, de camiseta, trabalhava removendo caliça de um edifício ainda não totalmente construído, ajudado por um rapaz.

— A pensão o quê? — disse o homem que parou para ouvi-lo. O rapaz também parou o que estava fazendo.

Ele disse de novo o nome da pensão e mostrou o papel escrito por sua mãe. O homem corpulento olhou rapidamente o papel com o receio de quem não sabe ler.

— Não — disse. — Isso não existe mais. Nem antes. Digo, quando eu vim pra cá, já havia uma pizzaria.

Durante toda a tarde perambulou com a mala, fora um rápido descanso no banco de uma praça, até dar com um letreiro que oferecia cama e pensão completa. O homem que o atendeu era incrivelmente magro e lhe cobrou adiantado uma semana. Aquela primeira semana foi a pior. Sua cama, com as molas gastas, estava encostada numa das paredes. O quarto, de teto alto, tinha uma sacada para a rua ruidosa e arborizada. Na outra cama dormia um paraguaio que trabalhava como lanterninha num cinema e tocava violão, todos os dias um pouquinho, quando estava em casa. Os sete pensionistas almoçavam à uma hora: quatro velhos, o lanterninha do cinema e uma senhora alta e delgada, de bochechas notáveis e lindas e longas pernas com meias de seda. O resto do tempo ele permanecia na cama, vestido, com as mãos embaixo da nuca, olhando o teto e matutando sobre como achar aquele parente distante.

O endereço que sua mãe havia lhe dado também não serviu. Era da fábrica em San Isidro, mas a fábrica, ao prosperar e crescer, certamente se mudara para outro lugar, porque no local agora funcionava um *parking*. Ali, os que lavavam os carros também não sabiam de nada.

A segunda semana não foi muito melhor que a primeira e tudo andou como sempre, fora a chegada de um grupo de policiais que veio pedir de novo os documentos de todos e revistou minuciosamente a pensão quando só ele e dois dos pensionistas velhos se encontravam em casa. Já havia enviado três cartas para sua mãe, talvez exagerando os inconvenientes com a inconsciente esperança de que ela lhe pedisse para voltar. Mas nenhuma de suas cartas teve resposta.

Um dia o paraguaio, sentado na cama, afastando o violão, perguntou:

— Como é mesmo que se chama?

Ele o olhou, sem compreender no começo.

— Esse que você procura, o parente. Como se chama?

Ele disse.

— E na lista telefônica?

— Não está. Há três com esse nome, mas são outros.

Mas o paraguaio já havia começado a dedilhar o violão. Estava exilado fazia quinze anos. Ele jamais havia ouvido essa palavra.

— A diferença entre se exilar e viajar na verdade é mínima — disse o paraguaio. — No começo a gente pensa que não. Mas é assim. Tudo é se movimentar; ir de um lugar pra outro, estar em outro lugar, mais perto ou mais longe. E todos nós fazemos isso, fora Deus e as pedras. Olhe, não quer vir comigo ao cinema? Pode vir quando quiser, grátis — acrescentou. E por fim, outra

Um parente distante

vez com o violão no colo, disse: — Tem que ter um jeito de topar com ele. Você vai ver.

Nesse momento bateram suavemente na porta. O paraguaio deixou o violão de lado e não se moveu da cama.

— Entre — disse. Mas quem batia insistiu. O paraguaio se levantou e foi até a porta entreaberta. Era a senhora alta e delgada, de pernas lindas, e ele os ouviu falar rapidamente em voz baixa, sem poder entendê-los.

Depois disso dormiu de novo.

V

A pensão não ficava muito longe da avenida na beira do rio, e ele começou a matar o tempo dando passeios em linha reta de sua rua à margem e ali, debruçado no muro, passava muito tempo contemplando as águas turvas e escuras, sem pensar em nada coerente, evocando imagens perdidas e palavras isoladas.

Numa dessas tardes em que contemplava o rio e alguma lancha que navegava roucamente contra a corrente, começou a chover. Ele correu para se abrigar embaixo de uma árvore, até que alcançou as primeiras casas cruzando a avenida. Mal tinha se molhado, e dali a pouco parou de chover, mas o céu continuou encoberto, com imensas nuvens baixas, escuras e imóveis. Depois de um tempo, seguiu seu caminho rumo à pensão. Ao chegar, já havia duas luzes acesas na sala, as mesmas de sempre, mortiças e escassas, e viu a senhora alta e delgada, sozinha, sentada na penumbra. O paraguaio não estava em seu quarto.

— É seu dia de folga — disse ela, quando ele voltou de seu quarto. — Chove, não?

A senhora falava do sofá com voz agradável e discreta, e ele se aproximou. Seu vestido claro, igual a seus sapatos, davam a ela um certo ar espectral naquela sala silenciosa que cheirava vagamente a sabão e vinagre. Ele se aproximou ainda mais, e ela deixou de lado a revista que lia para olhá-lo. Então notou que também seus olhos eram verdes e olhavam com essa aparência de desamparo semelhante à ternura, própria de certos míopes quando tiram os óculos.

— Hoje você não foi ao cinema — balbuciou ele. Havia observado que ela costumava ir quase todos os dias e voltava muito tarde da noite.

— Não — disse ela. Parecia surpresa e talvez divertida. — Hoje não. E você, já encontrou teu parente?

Agora foi ele que se surpreendeu.

— Não, ainda não. Como sabe?

— Somos muito poucos. Todos sabemos. Sente-se — disse. — Aqui, se é que não quer sair outra vez pra se molhar. Logo será hora da janta.

No fundo da sala, através do janelão lugubremente iluminado pelas luzes da rua, podia-se observar como a chuva engrossava agora. E muito perto, talvez na mesma rua, ouviu-se a sirene de um carro da polícia deslocando-se em alta velocidade.

Parecia não haver mais ninguém em casa; só o gato — cinza, gordo e antipático — que cruzou lentamente a sala em direção à porta do fundo. Ele havia se sentado perto da mulher, na parte mais escura do sofá, de modo que podia olhá-la sem que ela, quem sabe, o observasse.

Um parente distante

— Vou ao cinema, ou saio por aí, sempre. É verdade. Tenho medo de ficar sozinha... Dizem que vai haver uma revolução. Sabe alguma coisa?
— Uma revolução?
— Sim. Mortos, bombas. Essas coisas.

Ele jamais havia ouvido falar de uma revolução, ou apenas tinha escutado vagamente e esquecido, como se ouve e se esquece aquilo que não nos diz respeito.

Ela tinha os cabelos acobreados, os olhos com grandes cílios ressaltados por uma pintura tênue, e os dentes defeituosos.

O gato entrou de novo na sala, observou-os displicentemente por uns segundos e depois voltou. Parecia chateado. Ela tinha a revista no colo.

— Quantos anos você tem?

Ele disse e se sentiu constrangido, sem saber por quê.
— Tenho um filho da mesma idade — disse ela.
— Onde está? Por que você está sozinha?

Ele, notou com surpresa, agora combinava sua timidez quase insuperável com certa insolência bonachona, certamente consequência de seus dias na cidade.

— Está longe — disse ela.

Mentalmente a comparou com sua mãe e não podia acreditar; na verdade não podia ou não queria acreditar que ela tivesse filho algum.

— Tem saudades? — disse a mulher, em voz baixa.
— De quem?
— Dela, tua mãe.
— Não — disse ele.

Fora, as sombras começaram a baixar dos telhados para a rua. O resplendor intermitente dos letreiros luminosos contribuía para aumentar o clima teatral, como em pleno campo, pensou, quando de repente ameaçava um temporal insólito e ao longe se entrecruzavam os relâmpagos, sem trovões. E quando terminou de pensar, sentiu a cálida, suave mão dela pousando delicadamente na sua, por um instante.

Por fim alguém acendeu as luzes do corredor e então a sala, os móveis vetustos, o gato, o teto alto e levemente manchado por velhas umidades acumuladas, voltaram a ser reais.

O homem magro da pensão entrou com uma pilha de pratos, e assim ficou mais fácil para ele voltar a seu quarto. Lá permaneceu sozinho, no escuro, com o ruído compassado da chuva sobre a vidraça, sobre as lajotas da sacada.

VI

Na manhã seguinte, ao acordar, sentiu uma dor aguda na garganta; se deu conta de que mal podia falar e que tinha um pouco de febre. Sem forças, dormiu de novo e no sono conviveu com imagens inevitáveis, às vezes superpostas e reiteradas: num segundo se via em campo raso e aberto, de pé ou deitado de costas no chão sob um céu arqueado, alto e no entanto opressivo; e no segundo seguinte num quarto de paredes frágeis e arruinadas onde um ou dois pássaros que não conseguia ver esvoaçavam desesperadamente, como se procurando um buraco por onde escapar, e uma mulher, num canto, corpulenta e branca, num leito nupcial, com os olhos pintados,

Um parente distante

que chorava e lhe acariciava o peito nu com uma mão suave e carnuda, uma mulher de grossas tranças loiras e olhos grandes, a cujas carícias se submetia com um prazer ignóbil e doloroso.

O paraguaio voltou ao fim de dois dias, quando ele ainda estava fraco e de cama.

— Tenho boas notícias — disse. — Uma dessas casualidades. A fábrica é perto de Temperley... Não teria encontrado nunca procurando onde procurava... Também sei onde vive o cara. Seu parente.

O paraguaio parecia mais magro e rejuvenescido, e pela primeira vez notou que seus cabelos eram negros e escorridos. E com laboriosas reiterações tratou de lhe explicar como havia obtido aquelas informações: um barqueiro, por acaso... seu filho, que tinha sido da turma e foi representante da fábrica, como o velho, que agora estava aposentado e era barqueiro. Um bom sujeito. Ele disse. Pode ir vê-lo. Está tudo resolvido. Era o que procurava.

Desceram para almoçar; antes, o paraguaio tinha se penteado de novo e agora exibia os cabelos molhados e lisos. Havia só quatro pessoas na sala e o homem magro servia a sopa.

— Não está — disse o paraguaio ao ver como ele procurava com o olhar, timidamente, por todas as mesas. — O cinema está fechado até amanhã.

VII

Nessa mesma tarde foi a Temperley. A fábrica ocupava todo o quarteirão e chegar até os escritórios foi uma tarefa árdua e de certa forma humilhante. Na guarita da entrada, retiveram sua carteira de identidade e teve que preencher um papel pondo seu nome, quem queria ver e os motivos da visita. O homem que fazia essa checagem, um caolho obeso e displicente, não pareceu se impressionar quando ele disse que o proprietário era seu parente distante. Depois atravessou um grande pátio de manobras, com trilhos de vagonetes, guinchos e gangas de mineral amontoado. Por fim, quando chegou a outros escritórios — no momento em que soava uma sirene estridente que engoliu todos os demais barulhos desarmônicos e caóticos —, um homem jovem e também gordo lhe informou que seu presidente não estava.

— Você pode deixar uma mensagem escrita aqui e voltar na sexta.

— Na sexta?

— Não tem jeito. Está em Montevidéu. Talvez na sexta possa ver a senhorita Crespi.

Ele nem mesmo perguntou quem era a senhorita Crespi. Mas de repente sentiu a existência da senhorita Crespi como um obstáculo intransponível e tenebroso, como a prova de que entre ele e seu parente distante havia um abismo intimidante e opaco, como toda a cidade. Na realidade, o que conseguiu naquela visita foi a informação de onde morava o parente, pelo menos a indicação daquela rua curta e arborizada.

Quando voltou à pensão e a seu quarto, o paraguaio, recém-banhado, coberto apenas com uma toalha de cor decadente, cortava com minúcia as unhas dos pés. Contou a ele sua aventura em Temperley.

— Cambada de putos — disse o paraguaio, recolhendo os pedacinhos das unhas espalhados pelo chão. — Tem que recolher e botar tudo junto, pra não dar azar.

Sobre a cama, a seu lado, havia um jornal vespertino. Ele sentia mais uma vez que estava vivendo provisoriamente, sonhando, que tudo aquilo não era mais que a consequência de sua fuga desanimada e irremediável naquele ônibus que atravessara centenas de quilômetros, daquela fuga que não acabara até hoje, e sentia reconditamente que alguma vez, mas de um momento para outro, voltaria a ser alguém igual a si mesmo, com vagas perguntas impossíveis de lembrar, sem resposta, sem esperar respostas, no banco de sua igreja, no banco da praça da cidadezinha, deitado no colchão desigual, também semigasto e irregular, de sua cama de grades de ferro em seu quarto dos fundos, protegido — então não sabia como agora — nos ruídos imperceptíveis, familiares de sua casa. Na infinita manhã estival de sua cidade. Naquele jornal aberto leu: "... em troca dos detidos à disposição do PEN. Forças conjuntas rastreiam a região em busca dos dois executivos sequestrados".

Um enxame de moscas zumbia no bar sobre a mesa que ocupavam. Fazia calor, agora. O paraguaio havia teimado em ir tomar um trago naquele bar, embora na realidade parecesse estar bêbado.

— Fiz de tudo — disse. — No começo recolhia lixo na praia, garrafas, latas vazias, coisas assim... Eu posso dizer — continuou — que conheci "a humilhação do fracasso"... O fracasso sempre vem antes ou depois do sucesso. E a gente se mete no fracasso e no sucesso. Um bacharel em letras é um fracassado como lanterninha de cinema?

Ele não aguentava seu grande copo de cerveja, que já estava morno e amargo.

— Agora — disse o paraguaio — posso curtir, não como antes, o ócio ignóbil, e também o trabalho de merda; só não me meto em confusão. Sabe? Por que deixar esquentar a cerveja? Vamos tomar outra!

Ele pensou em resistir, em dizer a verdade, ou seja, que se sentia como que saturado e com nojo, mas também pensou que se negar a beber poderia acarretar inconvenientes. Quando os copos foram trocados por outros gelados e cheios, o paraguaio disse:

— Olhe, com você não vai ter negócio. Ela só joga no seguro. Eu faço a combinação, e ela vai ao cinema. Sem erro. Os tiras estão noutra, agora é mais fácil. Na verdade a coisa é fácil pra ela. Tem uns caras que se conformam em desabotoá-la apenas pra agarrá-la durante a sessão. Tem outros que não, mas aí, bom, aí é outro papo.

Seu segundo copo de cerveja estava pela metade, morno, amargo e intragável.

No dia seguinte foi até aquela rua curta e arborizada, com duas ou três mansões por quadra, na verdade muito maiores que a igreja de sua cidade. Havia deixado sua mala preparada na pensão, escondida embaixo da cama, pronta para ser retirada ao voltar. Esperou ali a manhã toda, ao lado de uma árvore, numa das calçadas. Mas não viu ninguém. Na hora do almoço foi até um bar na esquina e perguntou ao garçom pela casa de Agramonte, seu parente distante; o outro encolheu os ombros e depois disse:

Um parente distante

— Acho que é essa; mas não sei direito. Pra mim tanto faz.

Ele ficou olhando a casa, enorme e branca, rodeada por um parque frondoso, com alguns anões de gesso e algumas estátuas entre as árvores e o gramado verde molhado por gira-giras de água clara movidos mecanicamente.

Perto da uma da tarde, viu como um automóvel escuro, seguido de perto por outro igual, dobrava a esquina do bar e se dirigia velozmente para entrar, sem diminuir a velocidade, no parque que rodeava a casa. Ele saiu do bar depois de pagar e correu atrás dos automóveis. Mas por fim se deteve diante do portal.

No dia seguinte — sua mala ainda estava pronta na pensão, embaixo da cama —, quando voltou ao bar na esquina da rua curta e arborizada, não se deu conta de que o garçom acabava de falar com outro homem, corpulento e indiferente, que levava um jornal dobrado no bolso, e que talvez o atendesse com menos displicência que ontem.

Esperou novamente umas duas horas, talvez mais, sentado no bar então quase deserto e dando um passeio pelas ruas de traçado caprichoso entre as grandes casas rodeadas de jardins e de gramados. De repente observou que aqui também havia pássaros, viu que sobrevoavam a folhagem ou pousavam, dando pulinhos no chão em busca de insetos ou pequenos ramos, certamente. E viu o céu limpo, embora escurecendo ao longe, sobre o rio.

Entardecia quando decidiu caminhar até a casa. Esteve tentado, andando pelo caminho de cascalhos que o levava à entrada, a voltar, a abandonar a ideia de se encontrar com o homem que procurava. Mas não parou;

como outras vezes, pensava que ia ser mais difícil suportar a pena, a triste censura muda de sua mãe, que enfrentar os fatos, e tocou a campainha duas vezes. Não apareceu ninguém e também não escutou vozes nem ruídos; parecia uma casa abandonada. E apenas quando havia dado alguns passos para ir embora, escutou uma voz as suas costas, que não vinha da porta grande mas de outra menor, lateral.

— O que você quer?

Ele olhou o lugar e viu uma mulher vestida como as empregadas nas revistas que sua mãe costumava comprar; também achou que alguém se ocultava atrás dela. Caminhou até a mulher.

— É aqui que mora o senhor Agramonte?

A mulher o observava atentamente.

— Quem é você?

— Um parente — disse ele, sorrindo com simpatia.

— Um parente de quem?

— Dele, do senhor Agramonte. Sou um parente distante, e tenho uma fotografia dele e uma carta que minha mãe me deu. Venho de longe.

A mulher pareceu ficar mais nervosa ainda e era evidente que tentava olhar para um lado; também não soube o que fazer, até que disse:

— Não, não está.

— Não está? Mas não é ele que vem e vai nesse carro preto, hein?

— Quem? Não, não. Eu não sei. Não está. Não há ninguém.

— Mas ele volta?

— Não. Eu não sei de nada. Quem é mesmo você?

— Somos parentes distantes. Posso lhe mostrar esta foto.

Avançou então mais um passo, mas a mulher disse de novo, agora quase gritando:

— Não, não há ninguém aqui. Eu não sei de nada.

E desapareceu, fechando a porta atrás de si.

"Meu Deus", pensou ele quando ficou sozinho, de pé no caminho do parque. Não compreendia essa gente da cidade. Quase todos pareciam mal-educados ou com medo e nem mesmo respondiam aos cumprimentos. Como era possível? Entardecia e os pássaros revoavam entre os galhos; grandes nuvens, agora, começavam a se deslocar no horizonte e soprava uma brisa fresca, apenas perceptível. Caminhou até a estação onde esperou o trem que o levaria ao centro da cidade. Já era quase noite.

Quando chegou à pensão, o homem magro arrumava, mais uma vez, cadeiras, mesas e pratos na sala de jantar; mas ele não sentia fome nem vontade de ficar sozinho no quarto. Saiu e começou a caminhar até que se deu conta de que passara diante do cinema. As sessões eram contínuas. Não havia gente esperando e também não viu o paraguaio. Mal seus olhos se acostumaram à penumbra da sala e num momento do filme em que tudo era claro, ele a viu, sozinha, três fileiras de poltronas adiante. Parecia muito atenta à tela, apesar de o filme ser o mesmo desde três semanas; imóvel, a cabeça levemente inclinada para um lado.

Sem saber por que, quis se levantar e sair do cinema, mas havia tão pouca gente que corria o risco de chamar a atenção dela. Então esperou um longo momento e quando por fim decidiu ir até onde ela estava ou chamar de algum modo sua atenção, viu que um homem veio e se sentou ao lado dela, embora nessa fila e nas próximas todas as cadeiras estivessem vazias. Desde esse instante não tirou os olhos de cima deles e, quase em seguida, pensou ver que suas cabeças haviam se aproximado e talvez conversassem em voz baixa. Ao fim de uns dez minutos, ambos ficaram de pé e saíram do cinema. Quando passaram a seu lado, tentou se esconder do jeito que pôde, mesmo que nenhum dos dois olhasse para esse lado, e quando chegaram à porta, também ele se levantou e caminhou cautelosamente atrás. Na rua, viu como, depois de andar uns cinquenta metros, entraram num pequeno hotel, que também se chama Excelsior como o cinema.

VIII

A partir de então decidiu não pensar mais nela. Na sala de jantar, tratou de evitá-la e mal respondeu a seu cumprimento quando seus olhares se encontraram. Nesse momento, ele percebeu que havia atado o guardanapo em volta do pescoço, esquecendo as recomendações de sua mãe — "apenas as crianças fazem isso, um homem sabe manter a distância entre o peito e a sopa". Já não se importava com essa recomendação. E decidiu também voltar para sua cidadezinha. Felizmente, não tinha nada em comum com este mundo. Ele era jovem demais e podia esperar.

O paraguaio não estava, pois nas segundas-feiras se reunia com seus compatriotas na chácara de um deles, no Delta. "Outros vagabundos", dizia, "com quem alimentamos a saudade, por puro vício".

Um parente distante

Uma vez mais olhou sua maleta embaixo da cama em seu quarto. Estava em ordem. Tinha apenas que mudar de roupa para não maltratar com a viagem a que usava agora.

Podia esperar, sim — pensou —, mas também era jovem demais para dissimular.

O gato da casa dormitava em sua cama. Ao surpreendê-lo, o gato se eriçou, mostrou os dentes ameaçadoramente e fugiu apavorado. Nunca o tinha visto ali.

O ônibus para sua cidadezinha saía todas as noites, às onze. Ainda tinha tempo de tentar pela última vez o encontro com seu parente e, em todo caso, voltar à pensão e mudar de roupa para a viagem. Já não se importava com mais nada.

Vestido como estava, se estendeu na cama. Quando acordou, parecia nublado. Não havia luzes acesas na rua, mas nas lojas sim. Olhou o relógio. Tinha tempo de sobra. Arrumou os cabelos com a mão e saiu para o corredor em penumbra; ali, na sala de jantar, como outras vezes, estava ela, sentada, com uma revista nas mãos. Ele caminhou em direção à porta.

— Vai embora? — perguntou ela.

Ele não soube o que fazer, mas parou. Outra vez observou seus cabelos acobreados e seus olhos fitando-o como se o resgatassem de sua própria sorte, de algo vagamente pecaminoso ou inconfessável, e nesse mesmo instante se deu conta de que nunca pudera deixar de ser agradável, que isso constituía sua proteção e sua defesa. Porque lembrou também algo perdido e esquecido em sua memória.

Sua mãe e ele, quando pequeno, num campo à sombra de um ipê florido, ao lado da cesta de piquenique; e uma mulher alta e elegante, enfeitada com um grande chapéu, a quem sua mãe chamava Senhora. De repente a Senhora começa a passar manteiga com sal numa bolachinha e a oferece e ele foge chorando e gritando que não a quer. E em seguida, sua mãe — a Senhora já não está — dizendo a ele: "Somos pobres, filho, e não podemos ser simplesmente como somos." E a volta para casa em silêncio, o choro sufocado, tremendo, porque devia se arrepender.

— Vou sim — disse. — E você, vai hoje ao cinema?

— Não — disse ela. — É cedo pro cinema. Sente um pouco.

— Vi você ontem... Também vi você entrar naquele hotel.

E permaneceu teimosamente de pé, tremendo como no piquenique.

O homem magro da pensão apareceu na porta dos fundos; espiou a sala, mas desapareceu novamente. E ele olhou de novo quando ela havia dado dois passos.

— Venha — disse.

Não soube em que momento entrou em seu quarto. Era completamente diferente do que ele dividia com o paraguaio: tudo cheirava a excesso e a limpeza; na sacada floresciam gerânios e glicínias em vários vasos; contra uma das paredes o *toilette*, com um espelho oval grande, literalmente coberto de pequenos frascos, escovas e pentes; ao lado da cama, alta e coberta com uma almofada de cores selvagens, a visão de umas chinelas azuis e pomposas lhe causou o vago incômodo de se sentir testemunha de um fato vergonhoso e íntimo.

— Pode sentar aqui — disse ela, apontando um lugar a seu lado na cama. Mas ele preferiu uma poltrona.

— Está chateado comigo, não? Desiludido? Pegue.

Um parente distante

Sem poder evitar sentiu que a bala já estava em sua mão estendida, e sentiu também que no fundo ele mesmo havia desejado algo assim como ser traído, um obscuro e inconsciente desejo de expiação, que se corrompia como a própria culpa.

— Vou mostrar uma coisa pra você — disse ela, procurando algo que em seguida encontrou na mesa de cabeceira.

— Quem é? — perguntou, observando a fotografia.

— Sou eu, quando tinha tua idade. Quando tudo era claro e bonito. Depois, os anos vêm sozinhos, e são cada vez mais curtos, como estes dias de inverno.

— Não quero que venham — balbuciou ele. — Não quero que venham aqui.

— Virão — insistiu ela. — Aqui e em qualquer lugar. — Tinha os joelhos juntos e as mãos entre as coxas e o olhava.

Ele foi até a sacada e olhou para fora. Tudo o que viu, as vitrines confusas e atulhadas, os telhados, as pessoas, pareceu alheio, frio e estúpido; todo este presente, que ele visitava como um peregrino em busca de um lugar que talvez não quisesse encontrar.

Por fim ela disse:

— Nada mais será igual, não é mesmo? Mas não por mim, por você mesmo.

Quando saiu à rua, entardecia e todas as luzes já estavam acesas. Andou duas ou três quadras, entrou num café quase vazio e se sentou a uma mesa perto da janela. Em seguida seus dedos no bolso descobriram a bala, que deixou cair no chão sem olhar. Só pensava em ir embora. Mas quando seu rosto se refletiu confusamente na vidraça molhada, pareceu como se uma gota de água deslizasse por suas faces, e isso, o sabor íntimo e morno das lágrimas, o devolvia à realidade, a si mesmo, a ser ele mesmo, neste ato familiar de chorar sozinho.

IX

Também nessa tarde o parente distante não estava em casa, ou pelo menos assim dizia a mulher velha, a mesma que o havia atendido antes.

— Vou esperar. Hoje tenho que vê-lo — disse ele.

A mulher deu uma olhada a um lado, para dentro da casa, ao mesmo tempo que fechava a porta com um ruído contundente.

Não havia ninguém no bar. Um automóvel da polícia, estacionado no cordão da calçada, arrancou nesse momento, e avançando lentamente se perdeu na próxima esquina. Também a máquina de música parou quase quando ele entrou no bar. Pediu uma xícara de café, mas dali a pouco mudou o pedido para um copo de conhaque. O primeiro gole, que reteve um instante na boca, doeu ao engolir. O garçom desapareceu atrás do balcão e ele aproveitou para pegar papel e lápis e começou a escrever uma carta. A primeira dificuldade em que tropeçou foi o tratamento que devia dar ao parente: "Estimado tio?", "Querido parente?". Quem era ele? Nesse mesmo momento odiou sua mãe. Apenas ao terminar a curta carta, observou que a mesa contígua havia sido ocupada por um homem alto que lia um jornal. Meteu a carta num envelope e, mal hesitando, escreveu o nome

Um parente distante

do senhor Agramonte. Aí descobriu outra dificuldade: a casa não tinha número nem a rua, nome. Pagou o bar e se encaminhou outra vez à casa. Curiosamente, dois passos antes de chegar à porta, esta se abriu um pouquinho e apareceu a mulher de sempre.

— Não posso recebê-la — disse a mulher.
— Por que não?
— Não posso, não tenho ordens. Vá embora.
E fechou a porta.

Era demais, afinal de contas o senhor Agramonte era seu parente, e esta mulher, uma velha estúpida. Meteu a carta no bolso do casaco e, levantando as lapelas para se defender do ventinho frio, começou a caminhar lentamente entre as grandes árvores diante da casa. Um casal de passarinhos, perseguindo-se, cruzou o céu, muito acima das grandes árvores. A sirene de uma lancha, com seu som apagado, lembrou a ele a proximidade do rio, e a imagem do rio o levou longe. Pensou em seu pai, em sua figura corpulenta e viva, que ele não pudera amar, e sentiu alegria por ter que voltar. Seu pai tinha razão: certamente não valia a pena ser rico; e também sentiu tristeza ao lembrar, pela primeira vez agora, a carroça de sucateiro que, quase totalmente destroçada depois do acidente, ficou perto dos trilhos do trem durante muito tempo. Havia se sentado no travessão da cerca. Estava ali, meio oculto entre as árvores da mansão, esperando, com suas lembranças vagas, incoerentes, quando de repente viu chegar um automóvel preto que, penetrando pelo caminho do parque, se dirigia à casa, sem diminuir a velocidade, imediatamente seguido por outro carro. Então desatou a correr atrás deles atravessando os jardins em diagonal, e quando estava a ponto de alcançá-los, correndo ainda com a mão no bolso onde levava a carta, nem mesmo se deu conta de que o homem alto na entrada e os guarda-costas do segundo carro abriam fogo com suas metralhadoras.

Tradução de Ernani Ssó

Nadar nas profundezas

Pablo Ramos

And if you want love
We'll make it
Swimming a deep sea
Of blankets
Take all your big plans
And break 'em
This is bound to be a while*

John Mayer

Papai voltou de uma viagem de cobranças de velhas dívidas que uns clientes de Quilmes e Lomas de Zamora tinham com o escritório e disse que íamos à praia. Meu irmão e eu estávamos tomando chá-mate, e nos explicou que íamos passar o fim de semana, de barraca, em Santa Teresita, e que queria experimentar a máquina fotográfica nova. Uma máquina que, duas semanas atrás, havia trocado com uns ciganos por duas correntinhas de ouro

---

* E se você quer amor / Nós o faremos / Nadando num mar profundo / De cobertores / Pegue todos os seus grandes planos / E quebre-os / Na certa isso vai levar um tempo

fino (uma minha e outra de Alejandro) e seu próprio relógio de pulso Seiko. Mas não havia consultado mamãe, e ela se chateou muito e disse que ele não tinha o direito, que seu pai (o pai de mamãe) havia nos dado as pulseiras e que por mais que fôssemos pequenos era uma coisa que nos pertencia. Só que papai não pensava assim, ele pensava que tudo o que tínhamos pertencia apenas a ele, porque ele era o chefe da família, suponho. E porque esse era o costume siciliano e ele era filho de sicilianos. Mas a vó (a mãe de papai), que realmente era siciliana, pensava apenas que o tinham tapeado, porque ele havia trocado duas correntes de ouro e um relógio bastante valioso por uma máquina de merda, uma imitação cigana da máquina fotográfica verdadeira. E era a pura verdade: a máquina, que devia ser alemã e se chamar Leika, era de origem indefinida e se chamava Laika, e não ia durar mais que umas poucas fotos que tiraríamos durante o começo daquele inverno, das quais só poderíamos revelar uma.

Além do mais, papai disse que havia um concurso de pesca de *cornalito** com puçá. Que tinha certeza de que podíamos ser os campeões e que podíamos imortalizar o momento com a máquina fotográfica. Disse isso e Alejandro e eu deixamos o chá-mate e começamos a pular e gritar. Mas a alegria durou pouco, até que mamãe disse que não, que não podíamos torrar dinheiro num fim de semana quando tínhamos um montão de coisas importantes para pagar. Eu a olhei resignado, e confuso também. Mamãe sempre reclamava porque papai não nos

---

* Peixe da família do peixe-rei muito popular na Argentina. (N. T.)

levava a lugar nenhum, mas quando ele se decidia ela alegava uma vez depois da outra a mesma razão para dizer que não: a grana. Papai lhe disse que as coisas estavam melhorando um pouco e que de qualquer forma tinha que ir para aqueles lados, porque devia entregar e cobrar bobinas em Castelli, Chascomús e em outras cidadezinhas que nem me lembro. O bom de papai é que quando metia alguma coisa na cabeça a gente não tirava ela de lá de jeito nenhum, e o ruim era que se mamãe reclamava um pouco demais, pegava a T80 e ia sozinho. Mas desta vez não foi assim. Papai estava contente com a máquina fotográfica e a pesca, e estava decidido a compartilhar essa alegria com a gente. Queria, como disse, fotografar nossa vitória no concurso dos *cornalitos*.

No outro dia, faltamos à escola. Levantamos cedo e, enquanto mamãe preparava o café da manhã, descemos a barraca do depósito do terraço e a armamos na rua para verificar se não faltava nenhum dos ferros. Era uma barraca do Brisas del Plata, para quinze pessoas, e tinha o tamanho da sala de jantar da casa. Foi difícil armá-la, vários vizinhos tiveram que nos ajudar. Quando terminamos, Alejandro e eu nos metemos dentro dela; depois foi a vez de vários de nossos amigos. Era bonito estar dentro da barraca. Saímos e ouvimos a opinião dos vizinhos. Que era uma barraca perfeita. Que aguentava até um furacão. Que servia tanto para dormir como para garagem da T80. E um montão de coisas assim. Deve ser porque, em meu bairro, as pessoas eram das mais otimistas, pois ninguém notou que faltava uma coisa muito importante à barraca: o sobreteto. Até que veio a vó e simplesmente acabou com nossa festa. "Li faltu o techítte", disse, e papai e os vizinhos ficaram calados. Depois de um momento, nós a desarmamos.

Estávamos em casa, tristes, tomando o café da manhã, quando papai entrou e nos animou outra vez.

— Vamos do mesmo jeito — disse, e meu irmão gritou "legal!" e nós dois fomos abraçá-lo.

— Você está louco? — disse mamãe.

— Nem um pouco, o fim de semana é que vai ser de loucos, é o que diz a previsão.

— Sem o sobreteto, se chover, vamos adoecer todos, e os meninos têm que ir à escola na segunda e, além do mais, se não pagarem nas cidadezinhas, que vamos comer, areia?

— Podem faltar na segunda — respondeu papai. — E levamos arroz e pegamos amêijoas. Arroz com amêijoas, hein, caras? Que nem os chineses. Que tal?

Gritamos que sim e começamos a pular de novo e fazer de conta que éramos chineses. Nunca havíamos comido arroz com amêijoas.

— Como vamos depender de juntar amêijoas?

— Por que não? Se estão ao alcance da mão.

A paciência de papai se esgotava.

— Às vezes não sei com quem me casei — disse mamãe.

Mas disse na boa, quer dizer, entregou os pontos, e nessa mesma sexta-feira, depois de carregar tudo, com o sol das duas da tarde, botamos o pé na estrada.

A vó não veio porque por sorte não havia lugar na caminhonete. Mamãe viajava na cabina, com papai, e preparava chimarrão para ele com a chaleira do escritório num bujãozinho com fogareiro que mantinha aperta-

Nadar nas profundezas

do entre os pés. Meu irmão e eu viajávamos atrás, na caçamba descoberta, numa espécie de casa que papai havia feito para nós, entre o volume da barraca, os caixotes de bobinas, as bolsas e o vidro da cabine como paredes; e um teto de cobertores que nas laterais drapejava como a bandeira de um país imaginário. Era o melhor lugar do mundo para viajar, uma nave espacial que papai pilotava e que parecia, mais do que ao camping Stella Maris de Santa Teresita, nos levar a uma galáxia distante. Meu irmão comeu seu sanduíche de salame e logo caiu no sono. Eu senti que tinha de guardar pelo menos a metade, porque um explorador de mundos desconhecidos não pode se dar ao luxo de consumir tudo o que tem numa refeição só. Então desentoquei um pouco e botei a cabeça de fora. O céu continuava azul, um céu peronista, como diria papai. Toquei o puçá e dormi, ninado pelos vaivéns da T80.

Acordei desconsertado e demorei uns instantes para voltar à consciência. Olhei pelo vidro da cabine: mamãe e papai discutiam, papai gritava algo que eu não podia ouvir porque o ruído do vento zumbindo nas orelhas cobria tudo, mas sei que gritava porque movia a mão de cima a baixo como que enlouquecido. Levantei um pouco, bati no vidro e abanei para eles. Papai me fez um sinal e me sentei de novo. A caminhonete diminuiu a marcha e se atirou no acostamento levantando uma nuvem de terra. Papai abriu a porta e desceu.

— Tudo bem? — perguntou, e tratou de reacomodar um pouco as coisas embora estivessem perfeitas.

— Sim, papai — eu disse. — Guardei um pedaço de sanduíche, por via das dúvidas.

Papai riu. Depois mamãe desceu e esvaziou a cuia de chimarrão nos matos do acostamento.

— Se agasalhe bem — me disse, e também tratou de ajeitar as coisas, as mesmas coisas que papai já havia ajeitado. Também ajeitou Alejandro, que protestou porque continuava dormindo.

Aí pelas três da tarde chegamos a Chascomús. Papai entrou na cidadezinha e parou diante de uma oficina mecânica que se chamava O Alemão. Buzinou e desceu da caminhonete. Em seguida saíram uns cachorros que latiram para ele. Um rosnou em seus calcanhares, mas papai lhe deu um pontapé e o cachorro saiu correndo. Atrás dos cachorros saiu o Alemão. Papai veio até a caminhonete, tirou um dos caixotes de bobinas e se meteu na oficina atrás dele. Dali a pouco saiu contente: havia vendido todas as bobinas.

Antes de continuar, paramos numa churrascaria diante da lagoa, comemos um sanduíche de linguiça e tomamos uma Coca das grandes. Meu irmão, que havia acordado para comer, comeu e continuou dormindo. Desci da caminhonete e acabei a garrafa ao lado de papai, sentado na beira da lagoa, sobre uma pedra. Acho que mamãe estava contente porque quando dava a cuia de chimarrão a papai dizia "pega, velho", papai não era um velho, mas, sei lá, dava na mesma, eu gostava quando o chamava assim. Perguntei a mamãe se tirava uma foto da gente, mas me disse que a máquina tinha ficado numa bolsa, embaixo de tudo.

Retomamos a viagem, e como minha barriga estava estufada como uma bola não pude dormir em seguida. Não sei por que sempre custo a dormir, por outro lado

Nadar nas profundezas

Alejandro não para de roncar mesmo que passe um caminhão por cima dele. Arrotei umas quatro vezes, tinha bebido Coca demais. Tentei cantar o hino peronista com os arrotos, mas quando cheguei na parte "Perón, Perón, que grande és" me acabou o ar.

Quando chegamos ao Stella Maris ainda não havia escurecido, mas o sol já estava alaranjado atrás das barracas, no horizonte do campo. Conheciam papai nesse camping e assim ele acertou tudo sem descer da caminhonete. Um homem nos indicou o lugar onde íamos ficar. "Muito longe dos banheiros", havia dito mamãe, e eu pensei ótimo, assim não vamos cheirar a merda dos outros. Acordei Alejandro porque tínhamos que ajudar a descer as coisas e armar a barraca. Papai veio com a máquina fotográfica e nos disse que ficássemos de pé no teto da caminhonete, mas mamãe disse que não, que podíamos cair. Então ela se aproximou, e a abraçamos. Papai preparou o rolo de filme, pediu que nos apertássemos contra mamãe e tirou a primeira foto da viagem. Depois veio e nos sentou sobre o capô, deu a máquina à mamãe e ela tirou a segunda foto, essa em que estamos agarrados pela mão.

Para armar a barraca precisamos da ajuda de meio camping. Um homem perguntou pelo sobreteto e papai disse que não o tínhamos, mas que não ia fazer falta.
— Se chover, venham pra minha barraca — disse o homem. — Bom, pra nossa barraca, há uma pros homens e outra pras mulheres. Somos do Clube Regatas de Avellaneda.

— Nós somos de Arsenal, e do Brisas del Plata — disse papai, suponho que para que o homem não fosse pensar que não tínhamos um clube.

Essa noite foi muito legal. Papai fez um foguinho, botamos uns pedaços de carne na grelha e, nas brasas, um montão de batatas, que comemos de sobremesa. Quando acabamos, ele nos disse que mamãe tinha uma boa notícia para nos dar.

— Por que não diz você, se são todos homenzinhos? — disse mamãe, e eu já estava morto de curiosidade.

— Dessas coisas eu não entendo — disse papai, e pensei que devia ser uma coisa muito difícil de explicar.

— Vocês vão ter um irmãozinho — disse mamãe de repente —, ou irmãzinha, estou grávida.

Alejandro e eu não dissemos nada. Me dei conta de que mamãe se sentia orgulhosa com esse negócio de estar grávida porque tocou a barriga, suspirou e deu um sorriso muito bonito. Depois nos explicou que faltavam cinco meses, que por isso estava meio gordinha e que ia ficar mais e mais gorda mas que não ia explodir. Papai pegou duas cadeiras e botou uma colher numa e um garfo na outra. Vendamos os olhos de mamãe, trocamos três vezes uma cadeira de lugar e lhe dissemos que escolhesse uma para se sentar. Eu estava fascinado, olhando como mamãe procurava às cegas sua cadeira. Por fim encontrou uma e se sentou. Era a da colher e, segundo papai, íamos ter uma irmãzinha. Fomos dormir mais do que contentes. Mamãe e papai não discutiram nem uma vez e ela não disse nada quando ele, depois de ajudar a tirar a mesa e tudo, foi jogar cartas no boteco do camping.

Nadar nas profundezas

O outro dia amanheceu nublado, supernublado. Papai disse que não nos preocupássemos, que era uma pancada passageira e isso queria dizer que passava ao largo sem molhar ninguém. Tomamos o café da manhã e fomos para a praia. Ficamos só um pouquinho. Tentamos jogar bola, mas havia levantado um vento que era um inferno. A areia picava nas pernas e nos olhos. Meu irmão me disse que era um vento Tufí Memé,* porque jogava areia nos olhos. Tufí Memé apagou o fogareiro do bujãozinho e fez voar a bola, as cadeiras de alumínio e o guarda-sol, e tivemos de correr pra cachorro para juntar as coisas outra vez. Papai nos abrigou contra uma das dunas e ali, acocorados, ficamos mais um pouco.

— Agora passa, com certeza — disse. Mas o vento se tornava cada vez mais frio.

Voltamos ao camping e papai nos disse que enquanto mamãe preparava o almoço íamos ao cais para nos inscrevermos no campeonato. Fomos na T80 e nos inscrevemos para essa mesma noite na categoria "*Cornalito* com puçá". Davam três prêmios pelo tamanho e um primeiro prêmio especial pela quantidade. A equipe tinha que ter um nome, papai nos consultou e logo escolhemos o nosso: Os Três Ases, porque esse é o nome da melhor pizzaria do mundo e por sorte nós éramos três. Voltamos ao camping, almoçamos e preparamos as coisas.

Nosso puçá era de arame e pendia, com cinco fios, de uma taquara enorme. A taquara, usada como alavanca contra a varanda do molhe, servia para levantar o peso quase sem esforço. Papai acendeu o fogareiro, fundiu um

---

* Referência à música de Los Natas. (N. T.)

pouco de estanho e chumbo numa vasilha, fez um buraco na terra, cravou um arame de cobre dobrado em dois e esvaziou o metal líquido no buraco. O resultado foi uma chumbada perfeita, em forma de cone e com um ganchinho para prendê-la no puçá. Era incrível ver como papai podia fazer essas coisas do nada. Ele nos disse que a chumbada ia ser nosso segredo, nosso puçá ia afundar mais que o dos outros e então pescaríamos o maior *cornalito* que, como era lógico, tinha que nadar bem no fundo. Botamos a chumbada e papai consertou um buraco bastante grande que o puçá tinha num lado. Para isso também usou arame de cobre (por via das dúvidas, tinha levado um rolo inteiro) e nos deu as instruções quando tudo ficou pronto. Ele seria o encarregado de manejar o puçá, Alejandro e eu tiraríamos os *cornalitos* da rede e mamãe prepararia chimarrão e tiraria as fotos da vitória. Tirar os *cornalitos* da rede requeria uma técnica toda que papai nos explicou em detalhe, e nos disse que já não éramos mais uns pirralhos e que ele podia confiar que não íamos nos aproximar da borda do molhe. A ideia era esperar a uns metros da varanda, e quando a rede aterrissasse sobre os tabuões do assoalho, nós, armados com dois potes de plástico, pegaríamos os peixes para botá-los num balde. Era preciso ser rápido e preciso, porque se os peixes caíam, acabavam outra vez no mar pelas frestas entre os tabuões. Todos os peixes eram bons, já que o prêmio pela quantidade não era, em absoluto, uma glória menor.

 Chegamos ao molhe com um frio de rachar, garoava fininho e o vento, embora não atirasse areia, era forte e tornava tudo mais difícil. Mamãe havia nos agasalhado bem: touca ninja, jaqueta, calça dupla de lã e luvas. Também havia cortado uma meia-calça e enrolado uma perna de náilon no pescoço de cada um a modo de cachecol. Tão rígidos, totalmente tapados exceto os olhos, com essa perna de meia-calça enrolada no pescoço flutuando no ar, e cada um com um pote verde e azul na mão, parecíamos dois astronautas mendigos pedindo esmola interestelar. Deram nossa posição e esperamos treinando um pouco. No ensaio pegamos cinco *cornalitos* pequenos, uma água-viva, vários camarões e um montão de algas que tivemos que desenredar do puçá. A coisa parecia simples, mas, vestidos assim, nos movíamos com uma lentidão preocupante. Mamãe preparou uns chimarrões, comemos bolachas e escutamos as últimas recomendações de papai. O mar estava agitado e ficava cada vez mais e mais forte.

Mais ou menos uma hora depois de termos chegado, deram a largada. Foram duas horas em que papai meteu e tirou o puçá sem outros resultados que algas, camarões e águas-vivas. Viu-se um ou outro *cornalito* brilhar no fundo da rede, mas papai nem sequer pensou em pegá-lo porque, como disse, não valia a pena perder tempo por tão pouco. Os demais pescavam pau a pau e papai reclamou a um dos juízes, porque nós tínhamos pagado como todo mundo e haviam nos dado o pior lugar. Passou mais de meia hora e então, quando estávamos quase resignados, papai levantou a rede e eu, metido na varanda, já desobedecendo à ordem de papai de me manter afastado, vi o peixe: gigante, uma espécie de *cornalito* monstro, preso em nosso puçá.

— Suba ele, pai! — gritei, mas acho que não me ouviu.

— Pega direto o balde, meu bem — ele disse à mamãe, mas o barulho do vento e do mar era tão forte que mal podíamos nos ouvir. — O balde, porra, o balde! — gritou papai desesperado.

Eu agarrei o balde e quando papai subiu o puçá vimos como o buraco remendado havia aberto de novo e como o peixe, enorme, o maior que eu já tinha visto na minha vida, caía pelo buraco até o assoalho do molhe e ficava imprensado numa fresta entre os tabuões. Papai se atirou de cabeça, o peixe desentalou dos tabuões mas começou a dar saltos e ficar perigosamente perto da borda. Ninguém sabia o que fazer. Até que um homem veio com uma lança longa e fininha e o trespassou ao meio. Espirrou tanto sangue que me deu um nojo tremendo, mas a meu irmão não, e ele se pôs a pular como um louco gritando "vamos lá, campeão, vamos lá, campeão". Com certeza havíamos ganhado.

Acabou o tempo e os juízes começaram a inspecionar os pontos de pesca. Antes que pudessem chegar ao nosso, desabou uma chuva que parecia que ia nos afogar a todos. A água estava gelada e o vento era tão forte que tivemos que nos agarrar na mamãe para chegar até o restaurante do Clube dos Pescadores. Lá dentro nos deram um chocolate quente e acenderam o fogão a lenha. Os juízes nos botaram em fila e continuaram examinando a pesca. Nosso *cornalito*, enorme, não cabia no balde e tivemos que pendurá-lo pela boca com um pedaço de arame de cobre que papai havia enganchado num dos dedos. Quando passaram diante de nós, perguntaram pelo buraco que o peixe tinha no lombo.

— Foi um dos juízes que fez com uma aguilhada — disse papai.

— Muito bem — respondeu o homem, e nos mandou ficar fora da fila, diante dos demais.

Papai sorriu e eu olhei meu irmão e minha mamãe. Separaram mais quatro, três com peixes grandes, mas nem perto do nosso. Mediram os peixes e estabeleceram as diferenças. O quarto era um homem velho que havia pescado cinco baldes cheios, ninguém tinha pescado tanto, era evidente que ia levar o primeiro prêmio especial pela quantidade. Quando terminou a cerimônia, um homem de cabelos brancos disse que ia dar o nome dos quatro ganhadores e que ia dar, também, uma explicação.

Pegou o microfone e começou:

— As equipes ganhadoras são... em quantidade: Os Trovadores — e todos aplaudimos o senhor mais velho e a senhora gorda que tinham pescado os cinco baldes. — Em tamanho, e em ordem inversa: terceiro lugar... Gaivotas do Mar — todos aplaudimos. — Segundo lugar... Temporada Crioula — todos aplaudiram, menos eu, que estava nervosíssimo. — E... primeiro lugar... Gostamos do Ar Serrano.

A ovação inundou o salão, e nós, de pé diante dos demais, ficamos gelados: nem tínhamos sido mencionados. Olhei papai, mas ele não me deu bola. Terminou a agitação do público e do resto dos participantes, e o juiz principal se aproximou de nós, levantou nosso peixe e, microfone na mão, começou:

— Vou fazer um esclarecimento — disse.

As pessoas fizeram silêncio, papai estava com o rosto vermelho e eu me dei conta de que o juiz principal tinha muitas possibilidades de levar uma porrada ali mesmo.

— O que Os Três Ases pescaram não é um *cornalito* cavalar — disse o juiz —, mas um peixe-rei, muito raro nessa época do ano e com certeza muito grande, tão grande que sem dúvida poderia ter ganhado num concurso de peixe-rei. Mas este, senhores, é de *cornalitos*.

— Por que você não vai pra puta que o pariu? — disse papai, e se armou o maior barraco.

Dois caras vieram para botá-lo pra fora e ele, que era rápido na briga, deixou um de bunda no chão. Todo mundo se meteu, uns a favor e outros contra a gente. Mamãe desatou a chorar e umas senhoras trataram de consolá-la. O dilúvio que havia lá fora abriu uma das janelas de repente, estourando um vidro em pedaços. O barulho fez com que os demais se calassem e, então, o choro de mamãe retumbou nas paredes do salão, que havia ficado em silêncio.

— Não veem que ela está grávida, suas bestas? — disse uma das senhoras que estavam com mamãe.

Os caras do Clube de Pescadores anunciaram pelo alto-falante que precisavam de ajuda para fechar as venezianas, já que as vidraças corriam perigo. Todos, inclusive papai, se esqueceram dos peixes e da briga e correram para ajudar. Quando as vidraças ficaram a salvo, se retomou a discussão, mas agora com calma.

— Os *cornalitos* são peixes-rei filhotes — disse papai.

— De jeito nenhum — disse o juiz principal e nos pediu para segui-lo.

Entramos em outro salão, muito menor que o anterior, e o juiz principal nos levou até um cartaz enorme, que ocupava toda a parede do fundo onde, devidamente explicadas e por semelhança física, estavam classificadas as espécies de peixes marinhos.

— Veem? — disse. — Esta espécie é *Odontesthes incisa*: *cornalitos*, que chegam a um tamanho máximo aproximado de quinze centímetros. E esta é a *Odontesthes argentinensis*: peixes-rei, que chegam até quase os quarenta centímetros. O seu, meu amigo, é quase um recorde nacional.

— Mas os dois são Odontéstes, de modo que não me encha o saco com os incisos — disse papai.

— Incisa, senhor, e eu não estou lhe faltando com o respeito — disse o juiz principal.

— Não, está me tapeando.

A discussão pegou fogo de novo e continuou até que papai disse que íamos embora e que nunca mais íamos voltar a esse clube que, estava bem claro para todos, era uma merda.

Chegamos ao camping em meio a uma chuva impressionante. Até esse momento, talvez pela discussão ou sei lá por quê, nem mamãe nem papai haviam se lembrado de que nossa barraca não tinha o sobreteto. A caminhonete quase atolou na entrada porque o barro era muito profundo. Passamos e fomos até o nosso lugar. Vimos dois homens, com botas e jaquetas de náilon transparente, que se metiam em nossa barraca. Na verdade um se metia e o outro segurava a lona da entrada bem alto porque meia barraca havia caído com o temporal. Não eram ladrões, eram dois funcionários amigos de papai e estavam tirando as coisas e levando-as a um dos gazebos para que não se molhassem mais. Mamãe disse que ficássemos na caminhonete e desceu com papai para ver melhor o que havia acontecido. Demoraram um tempão e voltaram empapados. Fazia frio e estava escuro, embora fosse cedo. Papai arrancou a caminhonete e nos levou até o ponto mais distante do camping, nos fundos, onde havia cinco cabanas construídas pela metade.

— Não vão me cobrar caro — disse papai, mas mamãe não lhe respondeu.

Chegamos, desembarcamos e entramos na cabana. Na verdade, era um quarto de cimento sem pintar, frio e bastante lúgubre. Mas tinha banheiro próprio.

— O banheiro é bom, tem água quente — disse papai, mas mamãe continuava muda, empacada como uma mula.

Tiramos a roupa, papai ligou o aquecedor e o forno da cozinhazinha. Mamãe deu um banho quente em cada um de nós e depois foi ela. Nós nos secamos com as toalhas que os funcionários resgataram, que estavam úmidas mas não molhadas de todo, e nos chegamos ao calor do forno. Um pouco depois nos sentíamos bem. Papai tirou a máquina fotográfica da bolsa que tínhamos levado ao molhe e quis tirar uma foto da gente.

— Peladinhos — disse. — Vão ver que linda foto.

A máquina travou e a foto ficou pra outra hora. Papai disse que de manhã, com luz, ia tentar consertá-la. Nos trouxeram cobertores limpos e secos, e todas as nossas coisas que eram um desastre de molhadas. Mamãe, sem dizer nenhuma palavra, aproximou do forno as seis cadeiras e a mesinha e pendurou a roupa. Continuava em silêncio, e eu me dei conta de que dessa vez ela tinha escolhido o silêncio para brigar com papai. Não sabia dizer por que, mas esse silêncio me fez sentir pior que qualquer discussão que tenham tido.

No outro dia, quando acordei, meu irmão tomava café com mamãe. Continuava frio e nublado, parecia que o tempo não ia melhorar mais. Papai tinha ido pagar as contas na administração do camping e as coisas pareciam calmas. Papai voltou.

— Pronto — disse —, já paguei. Sobrou certinho pra estes dois dias e pro diesel da volta.

— Está bem. Preparo o peixe-rei ganhador?

— Vamos lá, minha velha — disse papai, mas se notava que nenhum dos dois tinha o mesmo entusiasmo.

Mamãe cozinhou o peixe com uma salada de agrião que cortou de uma vala de água boa ao lado do alambrado do camping, preparou a mesa e, por mais que já fosse hora, papai não vinha. Mamãe me mandou procurá-lo, e fui devagar. No caminho, dentro de um dos cestos de lixo, encontrei a máquina fotográfica em três pedaços. Procurei o rolo de filme mas ele não estava lá. Certamente papai tinha quebrado a máquina para salvar o rolo. Mas não sei, jamais a teria jogado no lixo, justo ele que era capaz de consertar tudo. Pensei em papai, tentei lembrar seu rosto, mas me deu muito trabalho e em seguida me vieram à mente seus olhos claros e brilhantes. Só consegui lembrar os olhos de papai. Pensei nessa capacidade que tinha de consertar tudo e então me dei conta, por nada, sei lá, de que a única incapacidade dele que eu conhecia éramos nós. Me senti triste, parecia que toda vez que compartilhava algo com a gente as coisas saíam mal. Ele não tinha nada que ver com isso.

Cheguei ao bar do camping e o vi: jogava cartas, tomava uma bebida preta que tinha uma espuma amarelada grudada nas paredes do copo. Perguntei se me dava um pouco, mas me respondeu que voltasse e dissesse à mamãe que ele ia em seguida. Toda vez que papai dizia isso voltava depois que tínhamos acabado de almoçar, quase sempre sério, e ia dormir a sesta. Dessa vez foi igual.

Quando se levantou da sesta, nos disse que tínhamos que ir juntar amêijoas se queríamos comer alguma coisa deliciosa à noite. O tempo continuava feio, mas havia clareado um pouco, e eu e Alejandro havíamos nos divertido perseguindo sapos com um canudo. Atirávamos neles as bolinhas que uma árvore que se chama oliveira-do-paraíso dava. A vó tinha dito que as bolinhas eram uma fruta, uma fruta que não se podia comer e que portanto não servia pra nada. Mas tinha se enganado: as bolinhas do paraíso eram as melhores munições que havia para se atirar com um canudo.

Fomos à praia e pegamos umas trinta amêijoas grandes. Papai nos disse que não era normal, porque as amêijoas costumam vir com as primeiras ondas da manhã, e que então havíamos tido sorte, e que num concurso de amêijoas teríamos sido os ganhadores. Mas nem meu irmão nem eu festejamos, não existem concursos de amêijoas, isso qualquer um sabe.

Mamãe as abriu numa panela sem água. Soltaram um cheiro feio, mas depois, misturadas com o arroz, eu gostei. Alejandro, por outro lado, separou-as uma por uma e comeu só o arroz. De sobremesa houve toranja com açúcar. Terminamos e papai jogou um pouco de *culo sucio** com a gente, bem pouco. Levantou antes de terminar o jogo e disse que voltava logo.

— Vai nos deixar sozinhos outra vez? — perguntou mamãe.

— Já volto, velha, prepare a bagagem que voltamos amanhã pra Buenos Aires.

Essa noite mamãe chorou, e eu gostaria de ter dormido rápido, mas foi impossível. Saí. Pensei muito. Lembro que foi a primeira vez que pensei tanto. Escutei o ruído dos grilos, os risos nas barracas alheias, o voo de algum pássaro noturno. Eu sabia diferenciar bem o som do voo de um pássaro noturno do de um morcego. Tio Héctor tinha me ensinado, um tio que chamávamos de tio, mas que na verdade era o irmão de meu avô Pocho: o cantor. Tio Héctor havia me ensinado que os morcegos faziam um ruído desajeitado, aparatoso, e em suas corridas cegas para a caça de algum inseto pareciam bater palmas no ar com suas asas que eram como as mãos dos mortos. Também me disse que sempre tinham fome, comessem o que comessem, e que não podiam dormir de noite porque tinham sido amaldiçoados pela boca do próprio Deus.

Pensei muito nisso. Não consegui entender direito, mas pelo menos me dei conta de que havia medos que eu não sentia. Eu ainda não tinha visto um morcego de perto, apenas fotos na enciclopédia Salvat. E tinham me parecido bonitos, menos ratos do que as pombas, essas sim são ratos. Na verdade eu gostava que tivessem asas como as mãos dos mortos, mas senti pena da maldição, me

---

* *Culo sucio* é um jogo de cartas. (N. E.)

pareceu uma injustiça da parte de Deus. Isso de não poder dormir de noite e de ter que sair para procurar comida o tempo todo para acalmar uma fome infinita, mesmo que seja um pouco, soava horrível e só de pensar nisso me enchi de angústia. Eu sabia como o coração bate horrível quando anoitece e a gente fica se virando na cama. Porque a noite foi feita para dormir, já que a lua ilumina pouco e não é capaz de mostrar nenhum caminho. A lua faz com que se veja tudo prateado e feio. Para viver é melhor o dia, a luz e o calor do sol. Pensei em como seria bonito viver com papai e mamãe na praia, ver nascer minha irmãzinha e, quando ela crescesse um pouco, levá-la ao mar com Alejandro e ensiná-la a pular a espuma e a juntar amêijoas. Essas madrugadoras, que chegam por cima da espuma e da areia, sulcando as ondas frias, e não têm nenhuma necessidade de nadar nas profundezas.

Tradução de Ernani Ssó

Felicidade

Alejandra Laurencich

A Paco

Indico ao taxista aonde vou e vejo como a cara dele muda. Expressão de compaixão. Me faz lembrar de uma brincadeira de quando eu era menina. Faça cara de pena, eu dizia então. Agora só tenho que dizer: Ao hospital de patologias infantis, por favor.
    Cada vez que o digo sinto que repito os passos de um sonho de que não posso acordar. A doença nas crianças sempre me pareceu coisa que acontecia aos outros: que horror, dizia nesses casos, e arqueava as sobrancelhas, em silêncio, como acaba de fazer o taxista que me olha pelo espelho retrovisor. Aperta os lábios até que se anima à pergunta, quase a mesma que escuto já faz dezoito dias:
    — Algum conhecido está internado?
    — Meu filho.
    Digo-o com raiva, como se aceitasse a derrota, e fico olhando-o, esperando dele algo mais que esse aceno estúpido com a cabeça.
    — Muito pequeno?
    — Sete meses.

Outra careta, a boca em u. Não se sente bem?, gostaria de lhe perguntar. Ou melhor: Agora que já sabe, pode fazer alguma coisa? Então pra que saber, pra que essa cara de mau ator, impotente, pra que essa curiosidade mórbida que o faz perguntar:
— O que tem o bebê?
Qualquer taxista deve saber que ao Hospital de Patologias Infantis não chegam casos de sarampo, apendicite ou diarreias de verão. Ali só se pode ver crianças com máscaras, com tubinhos plásticos pendurados do nariz como espaguete, em cadeiras de roda parecidas com camas, crianças com couro cabeludo brilhante, sem sobrancelhas, como a carequinha do 415. Não aguento os uivos dessa menina.
— O que o bebê tem?
Como *não tem diagnóstico*, doutor? Como *estamos procurando*? Abro a janelinha e acendo um cigarro. Nunca havia fumado num táxi. Agora sei que ninguém vai me dizer: Não se pode fumar aqui. Solto a fumaça, procuro uma estrela no céu negro da madrugada e por um momento me rendo a quem quer que esteja por trás desses infinitos olhos titilantes. *Reze, mamãe. Reze e deixe que a gente procure o problema*. O pai-nosso se enreda nas frases dispersas dos médicos, não posso evitar. Vai ver, isso é rezar. Procurar uma lógica, um detalhe que escapou a eles. Tirá-lo daí, encontrar o diagnóstico que permita tirá-lo daí. Desse cheiro entre adocicado e ácido dos lençóis esterilizados, dessas lâmpadas fluorescentes, mesinhas de fórmica, janelas sem plantas. Ruídos alheios, portas que se abrem no momento em que estamos sorrindo, o nariz dele tão perto do meu, vozes

intrusas, *vamos ver, esse gordinho, deixe-nos um instantinho, mamãe, vamos tirar o coletor de urina.* Ele estava sorrindo para mim, ele ia me contar o que está acontecendo com ele. Tirá-lo dessas noites que imagino, a mãozinha agarrada à de seu papai que o vê se sobressaltar com as rajadas de uivos, rodas que rangem pelos corredores e se aproximam trazendo equipes. A carequinha do 415 teve uma crise ontem à noite. E antes de ontem. Tirá-lo daí.

— Ainda não se sabe o que tem. Pode aumentar o volume?

Fecho os olhos e tento acreditar num futuro. Meu bebê e eu, abraçados, dançando canções alegres como a que está tocando no rádio, ou românticas, como as que usei para conquistar o pai dele. Manhãs de sol no terraço, os três, a piscina de lona como um pequeno lago resplandecente, sua primeira letra: um A talvez rabiscado numa conta de telefone que guardei numa caixa com seu nome, os dentes com aparelho, um adolescente de cabelo longo com a camiseta dos Rolling Stones, me dá uma grana, mamãe. *Vamos ver, mamãe, vamos tirar uma amostrinha de sangue.* Ele sorri, não veem que sorri? Não tem nada. Não grita com esses gritos de lobo. Não tem os olhos perdidos nem uiva de noite por causa da síndrome de... que estranho que não lembre esse nome que parecia russo, um belíssimo nome russo para uma doença que transforma as carequinhas em lobos e pinta de preto as olheiras das mães, para esse som que não deixa pensar. Me acostumei, diz a pobre mulher, se não tenho esses gritos, não posso dormir. Digo que sim com a cabeça e pego a mão dela. Se as mães preocupam tanto a senhora, por que não funda uma associação?, pergunta de psicóloga de pernas cruzadas no consultório da rua Billinghurst, tão longe dos corredores de luz branca que não se apagam de noite, tão longe do hálito de mate doce das enfermeiras. Por que não morre, filha da puta, você e Freud e toda essa merda. A mãe da carequinha me entende mais, suas olheiras me ajudam a suportar.

— São 7,80, senhora.

Exatos sete e oitenta, às vezes menos, nunca mais. Não ocorreria a ninguém roubar quem tem um filho aqui. Não há mais ânimo. Intuo nesse "boa sorte, senhora", que soa a despedida do reino dos vivos. O guarda que cuida da porta e inclina a cabeça quando me vê sabe. Abandone toda esperança aquele que cruzar este portal. A rampa azul me espera e tento não cheirar, não ouvir. Faço uma íntima reverência quando passo pela capela e vejo enrolado em cobertores o pessoal do interior que dorme sob o Sagrado Coração. O aroma de café com leite que sobe da lanchonete se torna nauseante nessa mistura com o desinfetante. Cruzo os pavilhões. Espero o primeiro grito e meu estômago se torna um escudo. A porta da sala das enfermeiras está entreaberta e vejo a loira fumando. É proibido fumar no hospital. Ela sabe, me pisca o olho: Não aguento mais, foi uma noite terrível, me diz. Vê minha cara de pânico. Não, fique calma, teus homens estão bem. Foi a do 415. Imagino os ouvidos de meu bebê perfurados pelo lobo. Teve outra crise?, pergunto. Morreu às duas, me responde. Não posso continuar falando.

Deixo que fume em paz e caminho para o quarto. Paro, quando passo pelo 415. Vejo o colchão nu. As jane-

Felicidade

las estão abertas e o ar parece frio. Ouço o silêncio. A carequinha não vai uivar mais de noite. A partir de hoje meu bebê vai poder dormir tranquilo. Me apresso pelo corredor e sinto algo estranho no peito. Tenho vontade de cantar.

Tradução de Ernani Ssó

Confissões num elevador

Inés Fernández Moreno

Entrou no elevador justo quando as portas começavam a se fechar.

"Bem-vindos à cabine", disse uma voz feminina que veio sabe-se lá de onde. Por falta de alternativas mais interessantes, pensou Clara, aqui temos a viagem de elevador elevada a voo internacional.

O sujeito que estava lá dentro lhe fez um gesto de simpatia.

— É a primeira vez que vou a um escritório num andar tão alto — disse ela, enquanto procurava no painel o número 32. Tão alto quanto a Groenlândia, pensou, seguindo com a pretensão da grande viagem.

— Não vai nem notar — respondeu ele. — Esses elevadores são como uma flecha.

Errado, pensou Clara, movendo ligeiramente a cabeça. Deveria ter dito que era "um avião". Mas não, ele disse "flecha", o que soava bem mais primitivo.

Clara o estudou com aqueles olhares breves e enviesados com que se olham as pessoas num elevador. Não parecia primitivo, estava mais para empresário, ou advogado, ou funcionário público. Com o cabelo grisalho muito curto e um bom perfume. Terno também impecável, com o único detalhe de que na altura do joelho havia uma linha preta, uma linha rematada em um fiapo que parecia uma aranha. Sentiu vontade de tirá-la, mas não ia encostar num desconhecido; podia avisá-lo, em todo caso, mas nem isso faria. Que ele continuasse com sua linha e seu fiapo. Uma pequena vingança, se bem que o sujeito não tinha culpa nenhuma de ela ter ficado sem trabalho e de essa ser a primeira entrevista que conseguia depois de meses e meses chafurdando na lama.

A luz dos elevadores costuma ser cruel. Então decidiu ignorar o espelho e olhou mais para cima, na direção do teto, com a expressão tensa e concentrada: que ficasse evidente que seus pensamentos estavam muito longe dali, tão longe a ponto de abolir aqueles segundos de intimidade forçada. Por acaso o elevador é lugar para...?

Uma sacudida deteve seu pensamento e a ascensão fulminante da máquina. Sentiu um vazio nos ouvidos, as luzes piscaram e diminuíram de intensidade, até deixá-los quase na penumbra. Logo soou a voz feminina, tão animada para dar as boas-vindas quanto as más notícias. "Cabine em emergência, aguarde instruções, por favor."

— Ah, que ótimo — disse ele —, acabou a luz.

— E o que fazemos agora? — perguntou ela, tentando dominar o sobressalto de seu coração.

— Não se preocupe: nesses prédios eles já têm tudo previsto. Devem ter gerador...

O homem apertou o botão de alarme.

Esperaram em silêncio, talvez o motor voltasse a funcionar em alguns segundos.

Mas não, estavam ali suspensos, imóveis, conscientes um do outro num silêncio úmido ao qual chegavam alguns ecos similares aos de um submarino.

— O que está havendo com o ar aqui... — ela começou a dizer.

— A ventilação é natural, o elevador não é hermeticamente fechado.

A voz do homem a tranquilizou, com a autoconfiança que demonstrava.

Será que era engenheiro?

— Claro, só "parece" hermeticamente fechado — defendeu-se ela — por causa do aço e do tamanho. Esse elevador mede quanto?

— Cerca de um metro e vinte por um e cinquenta.

— Uma jaula — disse Clara, e num gesto irrefletido começou a apertar todos os botões do painel.

— Uma jaula, na melhor das hipóteses — acrescentou depois, enquanto pensava em uma toca, um tubo e um caixão.

— Não é tão ruim assim, são quase dois metros de altura, ou seja, mais de quatro metros cúbicos de ar. Suficiente para sobreviver.

Nesse momento uma voz estridente se fez ouvir através da grade metálica ao lado do painel: "Sou o encarregado da segurança do prédio", disse, impondo certa calma ao pronunciar um título como esse. Depois de perguntar quantos eram e se estavam bem, garantiu que só precisavam ter paciência e aguardar a chegada dos bombeiros. "Qual é seu nome?", interrompeu-o seu colega de prisão. Ele respondeu que se chamava Rodríguez. "Ahá, Rodríguez", disse o homem, como se agora sim o tivesse sob seu controle, e em seguida começou a pedir mais informações. Uma pergunta atrás da outra. Sobre a "tração", o "motor trifásico" e o "grupo propulsor". Aquilo era chinês para ela, que estava atenta sobretudo ao jogo de hierarquias que se havia estabelecido entre os dois homens.

— Então não há nada que se possa fazer? Forçar a porta, pular, alguma coisa? — interveio ela.

— Nada — disse o responsável pela segurança —, só esperar.

— Tem razão — confirmou o outro —, não devemos correr nenhum risco desnecessário.

A palavra "risco" lhe provocou um novo sobressalto. Sentiu-se presa de um abominável ataque de feminilidade, disposta sem pudor a permitir que ele assumisse o comando, a deixá-lo ser o capitão daquele barco imóvel, que estava mais para submarino, parado entre o décimo quinto e o décimo sexto andar de um dos edifícios mais altos de Puerto Madero.

— Parece um confessionário — disse ela quando a voz do outro lado da grade se extinguiu.

Ele a olhou de maneira muito direta, ou lhe pareceu que o olhar dele durou um pouco mais do que deveria, mas talvez fosse apenas o efeito da penumbra.

— Essa grade — acrescentou — me faz pensar nas treliças dos confessionários. — Odiou-se em silêncio. Isso acontecia com frequência, deixar escapar pensamentos que depois a obrigavam a dar explicações meio absurdas.

— Lembro muito bem — disse ele. — Uma barra de madeira que o padre deslizava para poder ouvir as confissões. Isso no caso das mulheres. Nós, homens, nos confessávamos frente a frente. — E, quase sem mudar o tom, como se estivessem em uma reunião social, emendou: — O que acha de nos sentarmos?

Sim, senhor. Parecia razoável, não iam ficar duas horas parados num elevador.

Clara deslizou até o chão e se sentou bem reta com as costas junto à parede metálica.

Ele fez o mesmo contra a parede em frente.

Os dois tiveram que dobrar um pouco as pernas para caberem.

— Agora a gente começa a remar — disse ela, e os dois explodiram numa risada que os igualou e que varreu dele aquele ar solene de engenheiro ou alto funcionário público.

Mas a risada dela se transformou num acesso de angústia.

— Tenho um pouco de claustrofobia — confessou.

— Relaxe — aconselhou ele. — Solte os ombros, a cabeça...

Ela obedeceu.

— Inspire profundamente pelo nariz, sem fazer força. Quando não aguentar mais, passe devagar da inspiração para a expiração. Tente regular a saída de ar, sempre com o mesmo ritmo e o mesmo volume.

Mostrou-lhe como. Era impressionante a forma como fazia, produzindo uma exalação interminável e um som constante, como se alguém tivesse aberto um botijão de gás.

Aproveitando a penumbra, olhou para sua boca e depois para os joelhos, tão próximos aos dela. Pensou que o fiapo continuaria ali, colado à calça, ainda que não pudesse vê-lo. Pouco a pouco sentiu o pânico indo embora, como uma onda que perde força e se desfaz em espuma.

— Está se sentindo melhor?

Ela assentiu.

— Sempre teve claustrofobia?

— Não, começou nos últimos anos.

Desde que soube, no fim das contas, depois de tanto tempo, como havia sido a história de Ariel. Mas não iria lhe contar isso. Era algo que só podia revelar a si mesma.

— A respiração profunda ajuda muito. É uma estratégia das artes marciais. Outra dica é movimentar o corpo só em pensamento.

— Mas o pânico pode ser mais forte. — Ou o tormento ou a loucura, acrescentou a si própria.

— Em situações extremas. E esse não é o nosso caso. A senhora tinha alguma coisa importante para fazer aqui?

— Uma entrevista de emprego. E o senhor?

— Um encontro com meus advogados.

"Advogados", no plural, soava importante. Em seguida viu-se tentada a fazer aquela série de perguntas idiotas do tipo: o que o senhor faz?, é engenheiro?, tem filhos?. Mas se conteve, assim como fez com o fiapo na calça dele.

Nesse instante surgiu novamente a voz do encarregado da segurança. Confirmou que estava tudo sob controle e explicou que o corte de energia havia atingido metade da cidade.

— Vamos ter que esperar bastante — disse ele. — Isso se o homem do confessionário estiver nos passando a informação certa — acrescentou com ironia.

Confissões num elevador

— A voz do padre não era tão estridente assim.
— Tem razão, estava mais para um sussurro.
— Um sussurro meio viscoso — disse ela. — Me desculpe, vai ver o senhor se confessa, é praticante...
O homem riu.
— Eu peco, sim. Mas não me confesso.
Ficaram em silêncio. Ele também não ousou embarcar na cruzada de perguntas idiotas.
— A última vez que me confessei, eu tinha uns oito anos. Depois fiz uma coisa inconfessável.
— Tão novo?
— Não acha que esses são os verdadeiros pecados? Os outros, com o tempo, vão ficando mais relativos.
— Não, não acho. O que você pode ter feito de tão grave nessa idade?
— Quer que eu conte?
Uma onda de pânico voltou a percorrê-la; nesse momento deveria estar mostrando seu portfólio ao diretor de uma empresa, e em vez disso estava presa num elevador com um desconhecido, entabulando essa conversa estranha.
Ele enfiou a mão no bolso e tirou um pacote de balas.
Ofereceu-lhe uma.
O ar se encheu de um odor de menta.
— Claro, por que não? — disse ela.
Ele permaneceu quieto. Poderia contar uma piada, pensou ela, pura retórica para quebrar aquele silêncio incômodo.
No entanto, depois de um tempo, num tom fraco, começou a falar.

— Meus pais eram pessoas muito severas. Eu vivia cumprindo regras: horários, estudos, esportes, descanso...

— Antes os pais eram mais rígidos — disse ela, e se lembrou da briga constante com seus próprios pais quando começou a história de Ariel.

— É, havia uma questão geracional, mas eles eram ainda mais duros. Tudo se resumia a prêmios e castigos. E depois veio a Elsa. Era a mulher que cuidava de mim e que ajudava minha mãe com a casa.

Interrompeu-se um momento e passou a mão pela testa, como se pudesse tocar aquela recordação.

— Não sei por que estou lhe contando isso.

— Porque estamos num elevador, trancados, uma espécie de purgatório — respondeu ela.

— A senhora é otimista. Poderíamos ser dois condenados — disse ele com uma risada meio sarcástica.

Primeiro a ajudava a respirar melhor, depois a assustava. Quem era esse sujeito?

— Me dá outra bala? — pediu ela para ganhar tempo.

— Se bem que os condenados não falam tanto — disse ele. — Só quando acham que podem se salvar.

— Não somos condenados. E, além disso — acrescentou ela com uma vozinha que pretendia soar frívola —, eu e o senhor nunca mais vamos nos ver na vida.

— É provável — concordou ele.

Depois soltou:

— Um dia roubei um trocado e eles pensaram que tinha sido Elsa. Demitiram-na e eu não fiz nada para impedir.

— Bom, pelo menos não matou ninguém. O senhor tinha me assustado com tantos preâmbulos. Quando somos crianças, queremos algumas coisas com muita força.

— Mas Elsa me adorava. Quando meus pais saíam, ela me deixava ler até tarde; arrumava meus brinquedos para que eles não me botassem de castigo; nas manhãs geladas ela massageava meus pés e calçava minhas meias dentro da cama...

Clara se lembrou do frio cortante das manhãs de outono, quando ela também era pequena. Porque o homem do fiapo na calça, deduziu, o capitão da cabine parada, devia ter mais ou menos a sua idade. Em torno de cinquenta.

— E nunca mais a viu?

— Depois, já adulto, eu a procurei uma vez.

— Não é fácil encontrar alguém depois de tantos anos — disse ela.

— Eu conhecia tanta gente, pensei que poderia rastreá-la e achá-la, mas não deu. Se tenho alguma culpa nessa vida, é essa.

— Só essa?

— Só essa — disse ele, e levantou a cabeça num gesto desafiador. — Além do mais, um pecado contém todos. E então? A senhora me absolve?

— Sim, está perdoado — disse ela rapidamente.

Depois consultou o relógio.

— Sabe há quanto tempo estamos presos?

— Uns quarenta minutos.

— Parece uma eternidade. Estou com sede.

— É o medo, o medo dá sede. Tome outra bala.

Sentiu-se grata. Se ela tivesse passado por isso tudo sozinha, teria sido um desastre.

Seria bom ter um marido como esse. Um engenheiro com respostas. Mas ela sempre havia escolhido outro tipo de homem.

— Melhor voltarmos à infância, que tal?

Ela lhe contou o roubo que cometeu quando era criança. Umas correias para seus patins. Umas correias de nada, embora a freira a tenha repreendido como se tivesse sido um pecado mortal.

— Esse foi seu pior pecado?

— Não, acho que o pior foi a inveja. — Disse isso e logo se arrependeu. Confessaria coisas que nem sequer tinham uma forma exata dentro dela e que, mal tocavam a beira da sua consciência, já a faziam se sentir péssima.

— Pecado por pecado — disse ele, incentivando-a a continuar.

— Minha prima Vivian — disse ela. Lembrou-se de sua risada infinita. Sua facilidade para viver. — Talvez seja uma mulher perfeita, depois de tudo.

A luz piscou e a penumbra se fez mais densa. Era como estar encerrado na própria consciência, pensou Clara.

— Mas?

— Teve um amante por dez anos. Levava uma vida dupla sem fazer o menor esforço. Ela me contou. E eu...

— Dedurou.

— Não. Mas eu bem que teria gostado.

— Talvez a senhora não suportasse a mentira.

— Não, não era tão simples assim.

Confissões num elevador

Não queria falar disso, mas as palavras se formavam e acabavam saindo apesar de tudo, com uma clareza demolidora.

— Eu bem que teria gostado de vê-la... cair em desgraça.

Clara foi tomada pelo desânimo. Ela, que antes se considerava idealista e pura, havia chegado a brincar com algumas fantasias venenosas. Uma carta anônima, uma palavra ambígua, um gesto que despertara as suspeitas do marido. Havia se regozijado nas cenas da catástrofe.

— Mas — lembrou-lhe ele — não chegou a traí-la. E trair é tão fácil.

— Depois ele ficou doente.

— O marido ou o amante?

— O marido.

— E ela?

— Foi uma viúva inconsolável enquanto convinha.

Vivian, com seu instinto de vida, acabou saindo incólume. Enquanto ela própria arrastou um morto durante trinta anos.

— Foi embora com o amante?

Clara negou com a cabeça.

— O amante — disse — atuava de forma solidária com o marido. Quando um caiu, o outro fez o mesmo.

— O sofrimento dos outros é atraente. Pode até ser afrodisíaco.

Clara ficou quieta e ele recuou algumas posições.

— Quando era criança, nunca arrancou as asas de uma mosca?

— Não.

— Nunca fez um sapo explodir ou atirou uma pedra num gato?

— Também não.

— Mas todos nós somos sádicos. Desde o circo romano até os dias de hoje — disse ele. — É nessa perversão natural que algumas práticas se sustentam.

"Práticas", que palavra inesperada ele usou.

— Por mais antecedentes que o senhor me aponte, não consigo me perdoar.

— Eu sim — disse ele. — Eu a perdoo, a senhora também está absolvida. A ética, como eu disse antes, é algo relativo. Uma questão de perspectivas, de pontos de vista. A senhora pensa que nós dois estamos enclausurados aqui neste elevador, de modo casual, absurdo. Mas, se olhar por outro ângulo, todos estamos enclausurados no planeta Terra, tão pendurados no espaço como nós nesta cabine. A mesma coisa em relação ao bem e ao mal.

Por um instante Clara pensou que estava presa. Presa a ele, mais que ao elevador. Seu coração bateu forte outra vez.

Nesse momento a luz piscou e recuperou sua intensidade. Os dois ficaram surpresos e mudos, como dois atores que são empurrados ao palco de repente e não lembram bem o que devem fazer ou dizer. Quase ao mesmo tempo, com um chiado áspero, o elevador começou a se mover. Os dois pararam com cautela.

— Estão nos içando?

— Ou estamos descendo?

A voz do homem da segurança ressurgiu no interfone. "Já estamos prontos", disse, "por motivos técnicos vão baixar a cabine por tração até o andar térreo".

— Bem, acabou — disse ela com um sorriso forçado.

— Pelo visto já estamos a salvo.

Confissões num elevador

— Nunca corremos nenhum perigo — disse ele, sacudindo o terno. Então viu o fiapo preto no joelho e o removeu.

A vida retomaria agora sua rotina. "Fiquei presa com um cara no elevador", contaria ela às amigas. "E tivemos uma conversa." Meu Deus, pensou Clara, realmente envergonhada, por que falei tanto?

Ele não parecia incomodado, mas, como se adivinhasse seus pensamentos, disse:

— Não se preocupe, o que contamos um ao outro é segredo de confessionário.

À medida que chegavam perto do térreo, começaram a ouvir algumas vozes.

— Meus advogados devem estar feito loucos — disse ele.

Com uma suavidade inesperada, a cabine finalmente se apoiou em sua base e as portas se abriram.

"Capitão" foi a primeira palavra que Clara escutou. E depois, outra vez, como para se certificar de que não restassem dúvidas, "Capitão, por aqui", "Capitão, estão esperando o senhor".

Clara ficou um tempo encostada junto à porta do elevador. Ele a procurou com o olhar e, antes de se juntar ao grupo de advogados, voltou a se aproximar dela:

— Boa sorte — disse ele e depois, num tom muito baixo: — Lembre-se de que a senhora me absolveu.

"Obrigada por sua visita", soltou então a voz da cabine com sua lógica idiota.

Tradução de Tamara Sender

O cachorro velho

Inés Garland

O cachorro não passou pela guarda. Ninguém levantou a barreira para ele, ninguém avisou que ia até a casa. Apareceu pelo meio da manhã, magro e amarelo, coxeando. Viu a mulher através da janela da cozinha, e a mulher o viu. Um cachorro. Eu não quero um cachorro. Estraga as plantas, tem pulgas, tem sarna. Coitadinho. Havia um pedaço de carne fria na geladeira, um pedaço grande de língua que ninguém ia comer, mas não ia dá--lo. Se o desse, o cachorro não ia mais embora. O que esse cachorro está fazendo no jardim?, disse seu marido com essa voz estranha que tinha agora, esse ronco que lhe saía quando conseguia tapar bem o buraco da traqueotomia para falar. Depois soltava uma espécie de assobio e ficava cansado, muito cansado. O cachorro botou as patas no parapeito e aproximou o focinho da vidraça. Vai arranhar a pintura toda, disse a mulher. O homem arrastou os pés até a janela, fez um gesto com a mão, um gesto que quis ser enérgico, mas saiu fraco, a mão pendendo do braço magro. Tinha escolhido sem querer o braço ruim, o do ombro caído, o braço que quase já não usava. Não podia gritar para assustar o cachorro, mas franziu o cenho. O cachorro latiu. Já vai embora, disse a mulher, e tratou de preparar o café da manhã, e alinhou os comprimidos diante do prato, e falou de coisas sem importância, de coisas que ele não escutava embora às vezes a seguisse com o olhar e concordasse, ou estalasse a língua para lhe pedir alguma coisa, e se ela não o escutasse batia palmas para fazê-la calar e lhe exigir um copo d'água, um pêssego descascado, algo que tivesse uma textura agradável porque desde a cirurgia já não sentia o gosto da comida e era isso que o fazia comer, a textura da comida e a lembrança das coisas de que tinha gostado.

Mas o cachorro não se foi. Quando a mulher saiu para cuidar do jardim, ele estava deitado embaixo da glicínia; medalhões de sol tremiam no pelo amarelo, nas costelas marcadas e nos ossos pontudos das ancas que forçavam a pele como se quisessem rasgá-la. Ficou olhando-o até que teve certeza de que respirava e então lembrou um quadro de um cachorro amarelo dormindo na neve que tinham visto uma vez num museu na Alemanha. Não podia lembrar o nome. *Liegender hund im schnee*, escreveu o homem num papel quando ela entrou para lhe perguntar. Ele saiu para fazer sua caminhada diária e também ficou olhando o cachorro. Tinha tido um cachorro uma vez, fazia muitos anos, quando estava casado com sua primeira mulher e seus filhos eram pequenos. Um cachorro pastor de ovelhas que tratava seus filhos como se fossem cordeirinhos e os arrastava pelo jardim e pela casa. Essa mulher dizia gostar do cachorro, mas um dia botou-o no carro, dirigiu muitos quilômetros e largou-o na estrada, no meio do nada. Quando as crianças perguntaram pelo cachorro, ela disse que tinha

O cachorro velho

ido embora porque elas se comportavam mal. Ele não disse nada. Não disse aos filhos que era mentira que o cachorro tinha ido embora. Também não disse nada quando foi ele que se foi, nem quando a mulher lhes contava mentiras sobre ele para que não o vissem mais. Não os viu mais até que fossem grandes, e aí já era um pouco tarde.

O cachorro tentou se coçar. A pata ficou suspensa no ar, a meio caminho, e voltou ao chão, tremendo. O homem foi caminhar. Deu uma volta pelas quadras de tênis. Uns jovens que não conhecia jogavam em duplas. Os gritos ressoavam no ar da manhã, e os jovens corriam pela quadra, se esticavam com a raquete ao encontro da bola, o corpo suspenso por um momento com os pés no ar como se voassem. Ele tinha jogado tênis por muitos anos. Tinha sido um desses jogadores que devolvem todas as bolas, corria com passos curtos e precisos e parava exatamente onde devia parar, era um paredão que desesperava seus adversários, mas não um jogador que estica o braço com a raquete e fica suspenso no ar. Ganhava quase sempre, sem gritos, sem ofegar, sem excessos. Depois das partidas voltava para sua casa. Muito antes da cirurgia já caminhava arrastando os pés, mas então eles não doíam nada. Agora lhe doía o corpo, o ombro era um peso morto, não podia falar porque se falasse doía a garganta. Agora gostaria de falar, mas não sabia muito bem sobre o quê.

No jardim, a mulher acabou de arrancar os matos e de capinar a terra de um dos canteiros e voltou para casa. O cachorro ergueu a cabeça quando ela o olhou, levantou-se devagar e foi se aproximando. Tinha uma cicatriz preta que corria como um verme ressecado desde o jarrete até o pé. Abanou o rabo. Deu mais uns dois passos com a cabeça baixa, sem tirar de cima dela os olhos molhados. Se lhe desse de comer, ia acabar estragando as plantas. Foi até a geladeira e procurou a língua gelada. Fez uma pinça com os dedos para pegá-la, estava dura e cinzenta, e atirou-a na grama. O cachorro se lançou sobre a língua, meteu os dentes nela e ladeou a cabeça para mastigá-la com os molares, e com o pescoço fazia movimentos bruscos para trás, e abria e fechava a boca como se mascasse um grande chiclete. Comeu muito rápido. Terminou de engolir a língua antes que o homem voltasse de sua caminhada e se sentasse para ver televisão.

Estavam passando os fogos de artifício do Ano-Novo de Dubai, e o homem deu uma palmada para que a mulher viesse vê-los com ele. Não me interessam os fogos de artifício de Dubai, disse ela. Odiava os fogos de artifício. Odiava, especialmente, os rojões, e sabia que tinha pela frente uma noite longa de explosões e gritos, de festejos que não compartilhava. Voltei a sentir aquela pontada nas costas, disse a ele antes de se afastar da televisão. Sou uma boba, arranquei uns matos e a distendi outra vez. Ele estalou a língua e levou a mão à garganta como que para dizer alguma coisa, mas desistiu. Tudo bem, disse ela, chateada, como se ele realmente houvesse dito o que não disse. Coitado do cachorro, como vai sofrer com o foguetório, disse ela. Ele não tirou os olhos da televisão, mas quando ela se distanciava deu outra palmada. O que você quer agora? Ele tapou o buraco com o dedo. Não dê comida pra ele ou nunca mais vai embora. Ela não disse que havia dado as sobras da língua.

O cachorro velho

Também não disse que mais tarde fez uns ovos mexidos com queijo para ele. Não havia outra coisa na geladeira, e o cachorro a seguia quando ela ia e vinha da estufa que tinha ao fundo do jardim. Atirou os ovos mexidos na beira do terreno do vizinho. O cachorro a tinha seguido e se lançou sobre os ovos. Queimou o céu da boca com o queijo e afastou bruscamente a cabeça. Ela não tinha se dado conta de que estavam quentes. Agora o cachorro os lambia com cuidado e ela sentia no corpo a ansiedade do cachorro para comer os ovos quentes. O cachorro não sabia que tinha de esperar para comer algo quente — o cachorro só sabia que isso era comida e lhe queimava a boca, e ela o olhava lamber as bordas com cuidado e sentia uma opressão no peito.

Dei ovos quentes pra ele e ele queimou a boca, disse ao homem quando almoçavam. O cachorro estava encarapitado no parapeito da janela e latia. O homem estalou a língua. Agora não vai mais embora, disse, tapando o buraco.

Tinha feito a cama. Quando ela entrou no quarto, a cama estava feita. Não muito bem-feita, a colcha tinha grandes rugas e os travesseiros estavam tortos, mas fazia muitos anos que o homem não fazia a cama, e ela o imaginou arrastando os pés com o braço pendente, imaginou-o agachado sobre a cama e teve que se sentar na cadeira. Sentou-se sobre a camiseta de dormir dele, toda embolada.

Ao entardecer o homem desligou a televisão e saiu para o jardim. Sentou-se numa cadeira de costas para a casa. O cachorro se aproximou abanando o rabo e ele fez de novo o gesto de expulsá-lo com a mão. Tapou o buraco na garganta para lhe dizer que desse o fora, mas baixou o braço. O cachorro não ia se assustar com essa mistura de ronco e sopro que lhe saía quando queria falar. Olhou o homem nos olhos. O homem tinha um olhar muito azul, aquoso. Desde a cirurgia seus olhos choravam e tinham as bordas das pálpebras avermelhadas. O cachorro se aproximou mais e apoiou a cabeça sobre as pernas dele. O homem quis expulsá-lo. Levantou a mão, deixou-a suspensa no ar por um momento e a baixou sobre o braço da cadeira. As folhas do carvalho se mexeram com o vento. Tinham-no plantado quando o terreno estava pelado e agora os galhos se estendiam até quase o solo e a copa frondosa ocupava a metade do jardim. Nuvens rosadas, leves como gaze, se desfaziam no céu azul. Fechou os olhos. O vento morno lhe acariciou o rosto. A suas costas a porta se abriu. Sentiu a mão de sua mulher sobre o ombro. Obrigada por ter feito a cama, disse ela, e lhe acariciou a cabeça. O cachorro também emanava calor e o homem olhou-o nos olhos. O cachorro não desviou o olhar.

    O homem abriu a mão e apoiou-a, em concha, sobre a cabeça do cachorro.

Tradução de Ernani Ssó

Ninguém dava nada por Achával

Eduardo Sacheri

A verdade é que ninguém dava nada por Achával. E se ele acabou agarrando a gente no Desafio Final que armamos contra a 1ª turma do 5º ano em março de 86 foi por uma soma descomunal de casualidades, situações e contingências que, se não tivessem acontecido, tornariam impossível que Achával terminasse onde terminou, ou seja, defendendo nossa honra no gol.

    Quando o conheci, na 2ª turma do 1º ano, pensei: "Esse aí tem cara de otário." Mas eu disse a mim mesmo que não deveria ser tão duro a ponto de julgar alguém só pela cara, então me obriguei a lhe dar uma chance. Nosso primeiro jogo contra a 1ª turma do 1º ano foi em maio de 1981. Mal nos conhecíamos, e Cachito — que terminaria agarrando durante todo o colegial — ainda se achava um meio-campista nato e se recusava a ir para o gol. Por isso não tivemos ideia melhor do que falar com Achával. Erro infantil, claro. Porque na aula de educação física o sujeito já tinha mostrado que era um trouxa e que não servia nem para uma corrida de sacos. Mas na pressa de juntar os onze para o desafio, e diante da evidência cruel, na tarde de sexta, de que éramos dez e de que o resto da turma eram mulheres e nenhum dos dez queria ir para o gol, Perico o encarou e disse que tínhamos uma partida no sábado e que se ele quisesse podia jogar de goleiro. Achával topou na hora, e eu pensei: "Ótimo, um problema a menos."

O episódio foi na manhã de sábado. Quando eu o vi chegar, fiquei boquiaberto. Ele estava com uma camisa polo branca, um short com bolsos, meias atoalhadas até a metade da panturrilha e tênis brancos. Eu quis morrer. Um sujeito que sai para jogar futebol vestido de tenista é o indício de uma catástrofe. Enquanto calçávamos as chuteiras atrás do gol, o fulano se mandou para o campo. Parou embaixo do gol e olhou com curiosidade, como se fosse a primeira vez que via um artefato como aquele na vida. Os garotos que batiam bola perto dele deram um passe, e ele esperou com as mãos nas costas, como um aluno aplicado. Que um sujeito apareça para jogar com uma camisa polo é no mínimo curioso. Mas que espere a pelota com as mãos delicadamente cruzadas nas costas já é o sinal de uma tragédia. Imagino que minha cara revelasse todo o meu espanto, porque Agustín me cutucou e tentou me tranquilizar. "Vai saber, de repente o cara é fera no gol." Mas nem ele acreditava nisso. Não preciso dizer que, quando a bola chegou até seus pés, Achával devolveu sem nem mesmo tentar uma mísera jogadinha. Bateu de bico, sem flexionar o joelho. "Deus do céu", pensei. Mas já era tarde.

Quando o jogo começou, partimos como selvagens na direção do gol deles. Tolices que cometemos aos treze anos, fazer o quê? Eles nos esperaram, nos seguraram, e aos dez minutos lançaram um contra-ataque que parecia o desembarque na Normandia. Quando eu os vi disparando rumo ao nosso gol, com a bola dominada, quatro caras contra Pipino, que era o único garoto de juízo que ficou na sobra, eu disse: "Perdemos." Mas calma, eles também tinham treze anos e estavam empenhados em fazer o gol de suas vidas. Foi aí que o tampinha Urruti, que jogava com a sete, deu uma de fominha e, em vez de tocar para o meio, arriscou um drible em Pipino. A bola veio longa, mas Achával ficou cravado na linha como se fosse um goleiro de totó. A verdade é que, visto assim, alto, rijo, com as pernas juntas, só lhe faltava a haste de aço na altura dos ombros. Quando o tampinha chutou na direção dele, tive um lampejo de esperança. A bola saiu frouxa, não muito alta. Fácil para qualquer um que tivesse a mínima ideia de como se joga esse esporte. Mas se via que não era o caso de Achával. Porque em vez de simplesmente abrir os braços e encaixar a pelota ele se atirou para a frente, como se quisesse interromper o percurso da bola. Coitado, imagino que tenha visto algo parecido numa partida da televisão e achava que assim o levaríamos a sério. O pior foi que ele calculou tão terrivelmente mal a trajetória da bola que, em vez de terminar em seus braços, ela bateu no seu ombro esquerdo e entrou quicando no gol. Fiquei com vontade de xingá-lo em quatro idiomas e dezesseis dialetos, mas como não havia ninguém querendo assumir seu posto eu me segurei e nos dirigimos para o centro do campo.

 O segundo gol foi, sem dúvida, mais ridículo que o primeiro. Uma cobrança de falta mais ou menos do Alasca. Pipino deixou a bola passar, aos gritos de "Essa é tua, goleiro", porque o atacante mais próximo estava a pelo menos dez metros da bola. Mas Achával não estava pronto para um momento como esse. Do alto do seu um metro e oitenta e quatro, não lhe passou pela cabeça agachar e segurar a bola com as mãos. Em vez disso, ele tentou espanar com a perna direita, e aconteceu o que tinha que acontecer quando o cara que tenta pegar de direita vem jogar o desafio com meias três-quartos atoalhadas e calçados de tenista: ele furou, a bola resvalou na perna esquerda e seguiu seu caminho rumo à glória. Riganti — o que havia chutado — teve ao menos a honestidade de não reivindicar o gol para si. E eu já estava tão fulo que para não xingar Achával fiquei mordendo os dentes como se mascasse chicletes.

Quando os da 1ª turma viram o trouxa que tínhamos no gol, fizeram a festa. Chutavam de qualquer canto, e se tomamos apenas sete foi porque Agustín e Chirola ficaram plantados em cima da linha do gol, junto às traves, rebatendo uma a uma as bolas que chegavam. O terceiro e o quarto gols foram quase normais. No quinto quem chutou foi o Zamora. A bola veio na altura do peito de Achával, que, para complicar o que era simples, deu rebote e deixou de bandeja para Florentino. No sexto gol Achával quis experimentar na própria pele o que sentia um goleiro ao tirar de soco. Foi quase um milagre: ele conseguiu fazer com que seus punhos se encontrassem com a bola em pleno ar. Uma pena que a bola tenha ido na direção do seu próprio gol, e tão bem colocada que acabou sobrando para Chirola, que estava livre no primeiro pau.

Perder de 7 a 3 em nosso primeiro desafio foi traumático para nossos frágeis corações adolescentes. Mas pelo menos tiramos duas conclusões importantes: Cachito renunciou a suas ambições de camisa oito driblador e se conformou em passar o resto do colegial no gol. E nunca mais nessa maldita vida voltamos a convidar Achával para jogar os desafios. Ficamos com dez, mas graças a Deus resolvemos isso depressa. Em junho Dicroza nos caiu diretamente do céu. Tinha sido transferido da Enet para não ser expulso. Acho que não houve um só ano em que o cara terminasse com menos de vinte advertências. Mas seu espírito belicoso — que segundo o diretor García o transformava num indivíduo "totalmente indisciplinado" — bem orientado pelo time, bem controlado, bem guiado em direção às panturrilhas dos adversários era como uma espada de justiça que dissuadia os rivais de cometer ousadias perigosas.

Daí que a estreia e a despedida de Achával foram em maio de 1981. E assim as coisas teriam permanecido se o babaca do Pipino não tivesse mais boca que cérebro. Chegamos a dezembro de 1985 com uma estatística formidável. Uma beleza. Trinta e duas vitórias, seis empates, dezoito derrotas. Claro que essa era a estatística geral, do primeiro ao quinto ano. Mas as parciais também nos foram favoráveis. Começamos o quinto sabendo que a 1ª turma não podia nos alcançar, a não ser que jogássemos doze mil partidas num ano. E mantivemos a distância. Jogamos oito, ganhamos quatro e empatamos uma. O que mais podíamos pedir nessa vida? Nada, absolutamente nada. Na hora que nos entregaram os diplomas, penduramos uma bandeirinha no auditório. Me disseram que García, o diretor, perguntou o que significavam os números "32-6-18", em tinta vermelha, imitando sangue. Mas ninguém que estava no palco tinha a menor ideia. Os únicos que sabiam, claro, eram os da 1ª turma do 5º ano, que sofreram como viúvas durante toda a cerimônia e tentaram em vão queimar nossa bandeira quando os convidados começaram a dispersar em direção ao ginásio, para o brinde.

Daí que, pronto, a vida parecia estar completa. Mas não: me vem o imbecil do Pipino e se encontra em Villa Gesell com Riganti e Zamora, dois dos nossos arqui-inimigos, e eles começam a provocá-lo e a dizer que somos um bando de frouxos e a chamar para um Desafio Final na volta das férias, para "definir de uma vez por todas quem era quem na formatura de 85". E o ingênuo, o idiota, o otário do Pipino no calor do momento disse que sim, que não tinha problema nenhum. Pode alguém ser tão inútil? Bom, sim. Pipino pode.

Quando em fevereiro começamos a discutir a ideia de continuar jogando juntos, Pipino saiu com essa novidade de que havia combinado um desafio. Chirola o fez repetir várias vezes, para ter certeza de que tinha escutado direito. Depois nós quatro tivemos que segurá-lo porque ele queria partir para cima de Pipino, mas não foram às vias de fato. Agustín e Matute disseram que não iriam embarcar nessa, nem arriscar o prestígio conquistado ao longo de cinco anos só porque um idiota qualquer saiu falando com o inimigo.

Mas acordos são acordos, fazer o quê? Então, quando a raiva do momento passou, nos demos conta de que não tínhamos escapatória. Agustín ainda protestou um pouco. Disse para pensarmos no papelão que poderíamos fazer e no lugar em que teríamos que colocar a bandeira se eles ganhassem justamente essa partida. Chamou nossa atenção para o fato de que o último ano do colégio tinha sido bem equilibrado, que eles nos derrotaram em três dos oito jogos, e que o risco de nos alcançarem era grande. Que o idiota do Pipino se encarregasse do assunto, no fim das contas. Tinha razão. Claro que tinha razão. Mas aí Pipí Dicroza, nosso zagueiro sanguinário, entrou na conversa e disse que se você tem um cachorro, e esse cachorro morde uma velha na rua, quem tem que pagar a conta do veterinário é você, porque não dá para se fazer de sonso se o cão é seu. E depois olhou para Pipino, como se quisesse ter certeza de que a alegoria tinha sido entendida. Aí não sobrou margem para continuar discutindo. Teríamos que jogar. Jogar e ponto.

Mas nossas dificuldades estavam apenas começando. Quando nos reunimos no sábado seguinte para bater bola no colégio, faltavam Rubén, Cachito e Beto. Esperamos um bom tempo, e ao fim encaramos Pipino, que para compensar parte da sua culpa ficou encarregado de convocar os que faltavam. Com um fio de voz, muito pálido, limitou-se a dizer que eram da "turma de 67". Alguns não entenderam, mas meu sangue gelou. Percorri os rostos ao meu redor. Todos eram de 68, menos Dicroza, que por sorte tinha se salvado no excesso de contingente. Então tínhamos três jogadores servindo o exército. Maravilhoso, definitivamente maravilhoso.

Agustín tentou manter a calma, perguntando a Pipino se ele sabia aonde eles haviam sido mandados. Nessa hora Pipino relaxou um pouco. Claro que ele tinha alguma boa notícia a respeito. Com um sorriso, disse que Beto e Rubén estavam cumprindo o serviço no distrito de San Martín, porque um tio os havia apadrinhado e eles saíam quando queriam. Fiquei meio preocupado com o silêncio dele depois disso, porque não falou nada de Cachito. Agustín o interrogou sobre isso, sem perder a tranquilidade. Pipino respondeu com um murmúrio, tão baixo que tivemos que pedir para ele repetir. "Río Gallegos", suspirou. Isso foi tudo. A sombra do silêncio nos sepultou. Jogar um Desafio Final e dar a esses desgraçados a chance de ganhar pontos na estatística e abraçar a glória era um desatino. Mas jogar sem Cachito no gol era como apontar um revólver contra nossas próprias cabeças. Eu queria morrer. Já o Chirola aproveitou a distração dos outros e deu um safanão em Pipino para aliviar a tensão. Mas até ele sabia que isso não ajudava em nada.

E assim acabamos nos esparramando debaixo das árvores para matutar sobre as peripécias da nossa equipe, até que alguém teve a hombridade de somar dois mais dois, pensar em voz alta e dizer que teríamos que chamar Achával, porque era o único cara disponível. Tano perguntou se não era melhor jogar com dez, mas Agustín, que é um estudioso do assunto, disse que não valia a pena, porque o campo media algo em torno de cento e cinco metros por setenta e tanto, e que num espaço desse tamanho um jogador a menos fazia toda a diferença. "Um jogador tudo bem, mas Achával...", Tano balançava a cabeça sem convicção.

Passamos quarenta e cinco minutos discutindo em que posição iríamos escalá-lo. Finalmente concluímos que o menos perigoso seria botá-lo de líbero, na frente da linha de quatro, numa tentativa de embolar um pouco o meio de campo. Talvez pudesse obedecer a uma ou outra ordem concreta, tipo "Não descola do cinco" ou "Cola no dez bem longe da área". Quem sabe ele não aprendeu alguma coisa nesses anos?

O que não fomos capazes de prever era que o dito-cujo viria com exigências no momento em que fosse convocado. Quando Agustín o chamou, ele topou, disse que gostava da ideia, mas teria que ser no gol. Agustín não estava pronto para isso. E, quando insistiu, Achával voltou a retrucar que não teria problema algum em ajudar, mas desde que fosse no gol, que era "sua posição natural". Quando Agustín contou essa história, lembro que Pipí Dicroza puxava o cabelo com as duas mãos e ria sem parar, de nervoso. "Como assim 'posição natural'? Esse idiota surtou?" Pensei que talvez fosse uma vingança, algo assim. Não convocamos o sujeito durante o colegial inteiro, e agora ele tinha a gente na palma da mão. Ia tomar gols só para nos punir. Então fui até a casa dele para enfrentá-lo.

Mas assim que ele abriu a porta minhas intenções foram por água abaixo. Veio logo me dando um abraço com cara de santo. Estava radiante. Não me deixou nem começar a falar, e de saída me contou que tinha ido naquela mesma manhã comprar luvas e meias de futebol. Que durante a semana estava trabalhando em Cañuelas no terreno de uns tios, mas que eu ficasse tranquilo porque já tinha pedido permissão, e no sábado sairia de manhã bem cedo para chegar com folga em casa, descansar um pouco e ir ao jogo depois do almoço. E, quando me chamou para entrar e tomar um mate com ele, senti uma angústia tremenda de pensar como diabos eu ia dizer a esse cara que íamos colocá-lo de tapa-buraco no meio de campo para ele não atrapalhar. Enquanto a chaleira apitava, comecei a observá-lo. Estava igual a quando tinha treze anos. Muito alto. Esquelético. Com as perninhas fracas e meio tortas. As costas estreitas e os braços compridos. Talvez fosse promissor para o beisebol, vai saber. Mas colocá-lo no gol para o Desafio Final contra a 1ª turma do 5º ano, nem sonhando. Não tinha como. Mas ele voltou a olhar para mim com um sorriso de anjinho e disse: "Já sei que quando jogamos juntos no primeiro ano eu fiz vocês perderem, mas pode ficar tranquilo. Esperei muito tempo uma oportunidade como essa, e não vou prejudicar vocês."

Se faltava alguma coisa para eu me sentir o maior filho da puta do planeta, era isso. Fazia cinco anos que tínhamos deixado esse cara de lado. Nunca, jamais, o havíamos chamado para jogar, porque ele era péssimo. E, em vez de estar tramando uma vingança daquelas, a única coisa que o sujeito tinha em mente era não decepcionar seus colegas de turma com um novo fracasso.

O que eu ia fazer? Parei, dei um abraço nele e disse para ficar tranquilo, porque sabíamos que ele não ia falhar. Enquanto ele me acompanhava até o portãozinho da frente, eu perguntei, meio de passagem, se por acaso nesses anos ele jogou em algum lugar. Com a mesma cara de bonzinho, respondeu que não, que na realidade sua última partida de futebol tinha sido aquela, porque o médico havia recomendado que se dedicasse a corridas e ele tinha seguido o conselho.

Quando peguei o ônibus para casa, pensei que estávamos perdidos. Íamos jogar uma partida inútil contra nossos maiores rivais. Sem nenhum motivo, simplesmente porque Pipino era um fanfarrão idiota. Íamos jogar sem Cachito no gol, porque estava cumprindo serviço militar em Río Gallegos. Íamos botar no gol um sujeito que mal enxergava a bola e que nos últimos cinco anos tinha dado uma de maratonista. E eu era o imbecil que teria que contar isso aos outros garotos.

Na sexta à tarde, quando nos encontramos para treinar, fiz a única coisa que me cabia fazer numa situação como essa. Menti para eles como um sem-vergonha. Disse que estávamos totalmente garantidos, que Achával era um craque no gol, que o cara jogou na surdina esses anos todos e que havia até chegado aos juniores do Ferro e estava aguardando um clube. Paro aqui porque fico constrangido de escrever todas as mentiras que eu disse naquele momento. E o pior é que eu falei de um jeito tão convincente, ou os garotos estavam precisando tanto ouvir boas notícias, que eles se abraçavam, pulavam, entoavam gritos de torcida. Estavam radiantes. Um deles até comentou que era um bom presságio o fato de Cachito estar cumprindo serviço militar num fim de mundo. Eu deixei eles pensarem assim. Para que iria estragar o prazer deles? Bastava o desgosto que teriam no sábado à tarde.

No dia marcado chegamos logo depois do almoço. Fiz a chamada às duas e meia, e todos estavam presentes, com exceção do nosso novo astro. Cumprimentamos de longe os da 1ª turma. Parecia mentira, cinco anos no mesmo colégio e havia uns caras de quem só sabíamos os sobrenomes. Mas, fazer o quê, coisas da guerra.

Quando Achával chegou, por volta das três, houve um momento de certa tensão. Os garotos se puseram de pé e apertaram a mão dele. Imagino que assim que o viram, com a mesma cara de poste de sempre, suspeitaram que aquela história sobre os juniores do Ferro era invenção minha. De qualquer modo, foram cordiais. Quem estava estranho era Achával. Sorriu para todo mundo, isso é verdade. Mas estava muito pálido, e nos olhava atento e ao mesmo tempo distante, como se nos enxergasse através de um vidro. "O sujeito deve estar mais nervoso que a gente", pensei. Olhando de esguelha, percebi que os da outra turma o haviam visto, e os que tinham boa memória deviam estar lembrando aos demais as virtudes goleirísticas do nosso craque recém-recuperado. Fiquei meio nervoso quando Achával tirou o casaco e as calças esportivas. Mas quando o vi, recuperei a calma. Camisa de goleiro verde e larga, meio gasta. Bermuda curta mas sem bolso. Meias de futebol. Chuteiras reluzindo. "Começamos melhor que da última vez", comemorei internamente.

Logo no início da partida, deu para notar que os garotos da 1ª turma estavam determinados a compensar seus infortúnios de cinco anos em noventa minutos. Corriam como cães famintos. Marcavam duro até nas cobranças de tiros de meta. Gritavam uns com os outros para ficar ligados e não dar mole.

E nós... ah, nós! Parece mentira que dez caras que passaram a vida jogando juntos, que conhecem todas as manhas uns dos outros e todos os gestos, que tocam de memória porque se conhecem até de olhos fechados, podem se transformar num bando de idiotas num momento como esse. Foi o nervosismo. Por mais que tentássemos não pensar, a ideia era mais forte, droga. Você ganhou trinta e duas vezes, mas se te derrotam dessa vez, vai tudo por água abaixo. E não importa que Pipino seja um doente. É um dos seus e marcou o desafio. Então, se você perde, está arruinado pelo resto da vida. Tipo quando você está numa pelada e algum iluminado do seu time, que está ganhando por dezessete gols, acaba soltando a maldita frase, só para animar o jogo: "Quem fizer o gol vence." Será possível que existam otários assim? Sim, existem. Juro que existem. Bom, o Pipino havia sido uma espécie de monumento ao idiota dessa categoria. Eu não conseguia tirar isso da cabeça, e acho que os outros também não. Porque, se não, como explicar o fato de termos começado a partida jogando tão, mas tão, mal? Não conseguíamos dar dois passes seguidos. Até nas cobranças de laterais nós perdíamos as divididas e não pegávamos nenhum rebote. Dicroza, por exemplo, estava igual a uma mulherzinha fresca e assustada, uma bailarina clássica, raio que o parta.

Aos cinco minutos do primeiro tempo eu já estava olhando o relógio. Aos sete, eles se aproximaram seriamente da área pela primeira vez. Houve uma confusão perto da meia-lua. Zamora matou com a direita, ajeitou e mandou um canhonaço.

Eu rezei. A bola acertou o travessão e subiu. Achával, que deve ter tido alguma coisa a ver com isso, olhava para ela como se fosse um objeto estranho e hostil, difícil de ser catalogado, que atravessava o ar a seu redor. Chirola então zuniu a bola como se fosse a única coisa que pudesse fazer. Na cobrança de escanteio, me lembrei daquela vez em 1981 quando Achával tirou de soco, e me bateu uma vontade enorme de chorar. Não sabia se cavava uma trincheira, chamava a polícia ou retirava meu time de campo. Dava no mesmo. O cruzamento foi certeiro, no primeiro pau, direto na cabeça de Reinoso, que mandou a bola na direção da outra trave, bem onde a coruja dorme. Para qualquer goleiro era uma bola complicada. Para Achával era impossível. Fechei os olhos.

Quando abri, a área estava vazia. Chirola pedia pela direita e Agustín pela esquerda. Eles estavam de costas para seu próprio gol. E ali, na entrada da pequena área, com a bola debaixo do braço, as pernas meio arqueadas, um chiclete na boca, o olhar altivo, estava Juan Carlos Achával. O amor de Deus é infinito, pensei. Nascemos de novo.

Mas ainda havia muita água para rolar. Pelo visto, estávamos decididos naquela tarde miserável a fazer todas as lambanças que não tínhamos cometido em cinco anos de colegial. Aos vinte minutos, deixamos livre o caminho para o contra-ataque, e Pantani ficou cara a cara com Achával. E por sinal esse Pantani é mais frio que um peixe. Em vez de pegar de voleio, ele mediu, ameaçou e por fim deu um tiro rasteiro, no canto direito. Escrevo isso e ainda não consigo acreditar. Numa fração de segundo, Achával, com seu um metro e oitenta e tanto, foi ao chão e encaixou a bola sem problemas. Aí fomos nós que vibramos. O cara, quando se levantou, estava radiante. Era como se cada coisa que dava certo o fortalecesse por dentro, porque logo se soltava nos movimentos e seu rosto recuperava a cor. Quando aos trinta minutos botou para escanteio uma cobrança de falta de González, numa ponte e com a mão trocada, eu quase não estranhei mais. Era como se eu já esperasse por aquilo. Como quando você tem uma fé cega no seu goleiro. Como nos melhores dias de Cachito. E no final do primeiro tempo, quando enfrentou outra vez o nove deles num mano a mano, eu mesmo, que sou mais quieto que uma planta, me vi cumprimentando-o aos berros.

Quando aos três minutos do segundo tempo ele tirou uma cabeçada à queima-roupa de Zamora, enquanto os outros filhos da mãe já comemoravam o gol, eu disse a mim mesmo: "Hoje a gente ganha." Essas coisas do futebol. Quando você é bombardeado a partida inteira e não te envergam, algum motivo tem. Como diz o ditado, quem não faz leva. E não deu outra. Claro que não foi um golaço. Com a tarde de merda que estávamos tendo, é óbvio que não faríamos gols inesquecíveis. Foi na cobrança de um escanteio, durante um bate-rebate. Pipino chutou, a bola resvalou num dos zagueiros, bateu na trave e entrou chorando. Claro que gritamos como se tivesse sido o gol do milênio. A raiva que os caras sentiram é impossível de explicar em palavras. Mas calma: estavam nervosos mas não desesperados. Faltavam trinta e cinco minutos. E, se eles tiveram dez situações de gol até aquele momento, contavam que dali em diante teriam mais umas quatro ou cinco.

Mas eles estavam enganados. Erraram para baixo. Só eu contei catorze oportunidades. E parei aí porque não queria saber de mais nada, se bem que devem ter sido umas vinte no total. Nós nos trancamos na defesa como se fôssemos o Clube Atlético Chaco For Ever ganhando de um a zero no Maracanã. Tolice nossa, fazer o quê? Mas a questão é que com essa tática a única coisa que conseguimos foi ficar mais aflitos. Nosso ponta estava plantado na saída do círculo central, mas do nosso lado. Deviam ter colocado no campo uma daquelas placas de trânsito pretas e amarelas, com o carrinho numa subida, para indicar que o gramado estava numa pronunciada inclinação contra nosso gol. Rifávamos a bola, e vinte segundos depois ela já estava queimando outra vez no nosso pé.

Menos mau que lá estava Achával. Sim. Por incrível que pareça. No meio de um naufrágio como esse, o único sujeito que tinha a cabeça fria e os reflexos em ordem era ele. Cansou de rebater bolas, de acertar a linha de quatro na base do grito, de provocar os atacantes do time adversário para fazê-los perder a paciência. Você o via naquela tarde e parecia que ele tinha nascido na pequena área, entre os três paus. Aos quinze do segundo tempo, rebateu uma bola por cima do travessão que com qualquer outro, mesmo com Cachito, teria entrado. Aos vinte e dois cortou um cruzamento quando quatro garotos da 1ª turma estavam na cara do gol, e sem dar rebote. Aos trinta minutos se lançou como uma enguia para defender um tirambaço rasteiro junto da trave direita. Quanto mais exigiam dele, mais ele crescia. Choviam cruzamentos e Achával buscava a bola como se estivesse colhendo maçãs.

Nunca antes nessa vida de cão eu tinha visto um sujeito agarrar como Juan Carlos Achával agarrou naquela tarde. Seu semblante tinha se transformado. Estava vermelho de alegria e de tensão, cheio de si com nossas palavras de incentivo. Comemorávamos suas defesas como se fossem gols. Dependíamos das suas mãos enluvadas, e o cara sabia disso. O pior era que não ajudávamos em nada. A única coisa que fazíamos era nos amontoar na grande área e fazer cera sempre que podíamos. Mas o relógio parecia não andar.

Aos trinta e cinco eu sentia que já estávamos no segundo tempo da prorrogação. Lembro que foi a essa altura do jogo porque Agustín acabava de gritar para mim que faltavam dez, que segurássemos a bola no meio-campo. Mas nem tive tempo de responder, porque o que vi me deixou gelado. O nove do time adversário tinha acabado de passar pelos dois zagueiros e ficou cara a cara com o goleiro. Embora tenha saído bem do gol, Achával errou o golpe pela primeira vez naquela tarde, quando o outro foi driblar. Estávamos encrencados, porque o tampinha deixou nosso goleiro estatelado no chão. Imagino que Urruti (o mesmo que havia metido o gol naquele episódio fatal do 7 a 3) deve estar até hoje se perguntando que diabos aconteceu para ele acabar chutando o ar em vez da bola. Com certeza ele não viu (não pôde ver, já que ninguém conseguiu) a maneira como Achával se levantou e por trás dele se atirou como uma lança, com o braço arqueado na frente dos pés do cara, para dar um toquinho na bola, mandando para a lateral, sem mesmo roçar o pé do atacante. Poesia. Nessa tarde Achával era pura poesia.

Depois dessa jogada a sensação era de que a partida tinha terminado. Nos minutos seguintes o jogo ficou truncado no meio-campo, e eles não voltaram a ameaçar a nossa meta. Era como se pensassem que, se não tinham conseguido marcar aquele gol, não fariam mais nenhum. Acho que a gente também relaxou, porque senão como justificar o escanteio idiota que demos de presente a eles quando faltavam dois minutos para o fim? Zamora chutou bem, aquele miserável. Cansado de ver Achával rebatendo todos os cruzamentos, fez um lançamento mais aberto. Nós, que, como disse antes, já estávamos com meio palmo de língua para fora, ficamos parados com cara de tacho olhando a bola passar por cima da gente. O pior é que, do outro lado, perto da nossa área, o goleiro deles, Rivero, estava parado esperando o cruzamento, como se fosse um camisa dez. Imagino que, se você põe o Rivero setecentas vezes para pegar um cruzamento como esse, ele vai errar a bola trezentas vezes e nas outras quatrocentas vai mandar na arquibancada. Mas dessa vez o desgraçado pegou de prima e acertou um torpedo na direção da trave direita. Eu já disse que Achával era um varapau desajeitado. Mas o borrão verde de sua camisa passando rente à grama me fez acreditar que ele também iria pegar essa. A bola veio com tanta força que, depois de rebater nas mãos de Achával, voltou ao centro da área. Quando González, o maldito que tinha o melhor chute entre os vinte e dois jogadores presentes, mandou de canhota na direção da trave esquerda do nosso gol, achei que estávamos fritos. Por mais que Achával estivesse numa tarde de glória, não ia se levantar num quarto de segundo junto à trave direita e voar até o ângulo superior esquerdo para interromper um meteoro como esse.

 Graças a Deus, não fechei os olhos nessa hora. Porque o que eu vi, tenho certeza, será uma das cinco ou seis melhores lembranças que pretendo levar comigo para o túmulo. Primeiro a bola, só a bola, subindo em direção ao ângulo. Mas em seguida, por trás dessa imagem, um cara lançado em diagonal, com os braços grudados em cada lado do corpo para melhorar a força do impulso. E depois, os braços se abrindo como as asas de uma borboleta numa camisa verde, voando com as mãos enluvadas e descrevendo dois semicírculos perfeitos, harmônicos, precisos. E no final do voo duas mãos se fechando em torno de uma bala brilhante e branca, que muda de rumo e se perde vinte centímetros acima do gol.

Quando o jogo terminou, a primeira coisa que eu quis fazer foi falar com Achával. Não fui o único. Todos tiveram a mesma ideia ao mesmo tempo. Nós o cercamos quando ele estava tirando as luvas ao lado da trave e o levantamos nos ombros como se ele tivesse feito o gol do campeonato. Achával sorria para a gente do alto de seu modesto olimpo e se deixava levar.

Assim que ele se libertou dos últimos abraços, me aproximei para cumprimentá-lo cara a cara. Não sabia direito o que ia dizer, mas queria pedir desculpas por tê-lo ignorado esse tempo todo, por ter sido tão babaca ao não lhe dar outra chance depois daquela estreia catastrófica. Quando estendi a mão para ele e comecei a falar, ele me cortou bruscamente com um sorriso: "Você não tem do que se desculpar, Dany. Está tudo bem." E, quando insisti, ele repetiu: "Fica tranquilo, Daniel, sério. Eu queria isso. Obrigado por me chamar."

Pedimos mil vezes que ficasse com a gente para tomar uma cerveja, mas ele respondeu que tinha que se mandar logo para Cañuelas. Dissemos que não, que não podia, porque tínhamos marcado com as meninas da escola na pizzaria da estação para sairmos todos juntos à noite. Voltou a sorrir. Nos deu um beijo e se despediu com um "Bom, qualquer coisa, vejo vocês depois", mas para mim soava como se ele nem pensasse em aparecer na pizzaria naquela noite de sábado.

Cheguei em casa lá pelas sete, bem a tempo de comer alguma coisa, tomar um bom banho, me vestir e sair de novo, porque tínhamos combinado de nos encontrar às nove. Passei na casa do Gustavo e depois fomos os dois até a do Chirola. A uma quadra da pizzaria, vimos Alejandra e Carolina caminhando na nossa direção.

Quando já estavam perto, ficamos boquiabertos: as duas se debulhavam em lágrimas. Gustavo perguntou a elas o que estava acontecendo.

— Ué, vocês não estão sabendo de nada? — A voz de Alejandra soava estranha em meio aos soluços. Nossas caras de surpresa significavam que não tínhamos a menor ideia. — Juan Carlos... Juan Carlos Achával... morreu num acidente na rodovia 3, vindo pra cá.

Senti como se tivesse acabado de levar uma martelada na cabeça.

— Como assim "vindo pra cá"? Indo pra Cañuelas, você queria dizer... — No meio do meu espanto eu escutava a voz de Gustavo.

— Não, menino — Carolina sempre chamava todo mundo de "menino" —, vindo pra cá, de manhãzinha...

Chirola me olhava com cara de quem não estava entendendo nada, e Gustavo insistia que aquilo não podia ter ocorrido.

— Estou te dizendo — Alejandra continuava entre soluços —, falei com a irmã dele e ela me contou que Achával veio cedo na balsa do tio, porque de tarde ele teria o desafio de vocês contra a outra turma do quinto ano... não é isso?

Imagino que a tristeza tenha feito minha pressão baixar de repente. Para não cair, sentei no meio-fio. Não entendia nada. As meninas tinham que estar erradas. O que diziam não podia ser verdade. De jeito nenhum.

Mas então me lembrei do que tinha acontecido à tarde. Da bola que Achával, inclinado para trás, tinha mandado por cima do travessão com um tapinha. E da outra, a que ele havia tirado do ângulo direito com a mão trocada. Da que havia roubado dos pés do tampinha Urruti. E, acima de tudo, me lembrei das defesas em sequência nos chutes de Rivero e González. Me veio a imagem de Juan Carlos Achával lançado de uma trave à outra, suspenso no ar através dos sete metros de seus tormentos, com as asas verdes da sua camisa de goleiro e todo o ar e a bola brilhante e o sorriso. E então entendi.

Tradução de Tamara Sender

Dois fiozinhos de sangue

Fogwill

Aconteceu-me duas vezes em Buenos Aires, mas da segunda vez me impressionou mais porque ao caráter anômalo — "inusitado" — da cena veio somar-se a desagradável sensação de estar vivendo uma coisa pela segunda vez. E ninguém gosta de sentir mais de uma vez na vida que está vivendo pela segunda vez uma coisa que se repete. Não é verdade?

Talvez seja. Eu, nas duas vezes, vi escorrer pela nuca do motorista um fiozinho de sangue. Eram quintas-feiras, distintas quintas-feiras do mesmo ano e eram motoristas cinquentões, motoristas velhos, motoristas de uma idade pouco frequente entre motoristas de táxi nestes tempos em que é mais comum que a profissão de motorista de táxi seja escolhida por homens de vinte e cinco, trinta, quarenta anos no máximo, pessoas que deixam seus empregos, recebem uma pequena indenização e — como dizem eles — "botam" um táxi, um carro — como dizem eles — "para se virar", e vivem disso: "se viram". Em geral são homens recém-casados e algo em comum deve existir entre os hábitos de botar uma família e "botar um táxi", mas não sou eu quem vai comparar os dois costumes agora.

O segundo fiozinho de sangue, o da segunda vez, era semelhante ao primeiro, mas emanava mais lentamente. Estou quase certo de que desta segunda vez o fiozinho de sangue emanava mais lentamente, mais devagar, talvez por efeito da natureza do sangue do segundo motorista, mais densa, mais viscosa, que embora surgisse de uma fonte idêntica, a pressão e velocidade idênticas, por efeito da maior viscosidade ou densidade tendia a aderir com maior firmeza ao pelo da nuca do homem e à pele do pescoço do homem, provocando a imagem de um transcorrer mais lento pela superfície do homem, a do motorista do táxi.

Outra diferença: da primeira vez vi o fiozinho de sangue quando circulávamos pela Callao, nos tempos em que pela avenida Callao o trânsito ainda fluía em mão dupla e os semáforos obrigavam a parar o carro em cada esquina à espera do sinal verde permissivo dos semáforos. Na segunda vez, em compensação, vi o fiozinho de sangue escorrendo lento entre os cabelos da nuca do motorista enquanto avançávamos pela rua Paraguay entre Carlos Pellegrini e Suipacha rumo à rua Maipú pela qual o motorista pretendia ensaiar uma saída para o sul, rumo aos bairros do sul do centro da cidade, aonde me levava meu destino. Esta segunda vez aconteceu já faz muito tempo, e nesta época ainda se circulava em mão dupla pela Callao, mas nós não circulávamos pela Callao e sim pela Paraguay rumo ao leste e ali não nos detinham os semáforos para fatigar nossa penosa e ralentada marcha: detinham-nos os ônibus que se detinham em cada esquina para se livrar por detrás dos passageiros sobrantes enquanto por uma porta dianteira, especialmente planejada, supriam o vazio deixado pelos saintes atraindo novos passageiros entrantes, ansiosos por obter seus bilhetes, pequenos papeizinhos impressos *offset* em duas cores, com bonitas filigranas e números correlativos que ordenam os usuários segundo seu posto de entrada no veículo expedidor. Tudo é notável. Pela Paraguay, com mão única e circulação unidirecional acontecia a mesma coisa que da vez anterior aconteceu pela Callao: era mister que em cada esquina o táxi se detivesse. Por uma ou outra causa, isso era mister. No segundo caso, no segundo episódio do fiozinho de sangue, a causa que constantemente detinha nosso movimento eram os motoristas de ônibus. Nesta cidade basta que a polícia e os inspetores municipais relaxem um pouco o rigor do controle do trânsito para que os motoristas de ônibus se comportem *por la libre*, como dizia o Che. Naturalmente, a arte do motorista de ônibus consiste em percorrer a maior distância possível no menor tempo possível com o maior número possível de passageiros a bordo e com um máximo de rotação ou mutação de passageiros, isso que os analistas norte-americanos de serviços de transporte de passageiros chamam *turnover*. É a chave do negócio do motorista de ônibus e, quanto maior o rendimento de rotações, quilometragem e carga e menor tempo empregado para a obtenção dessas desejadas metas, mais estima ganha o motorista entre seus colegas e entre os proprietários dos ônibus, porque nem sempre os motoristas de ônibus são os proprietários dos ônibus: para provar isso basta uma simples revisão das atas do Registro Nacional de Propriedade de Automotores. Ali se pode observar que frequentemente grupos de dois, três, seis, quinze e até cinquenta unidades afetadas ao Serviço Urbano de Transporte de Passageiros — ou seja, ônibus — figuram em nome de um mesmo proprietário. Sabendo que um homem só pode dirigir um ônibus por vez, e admitindo que ninguém compraria segundos e terceiros e quintos ônibus para deixá-los estacionados no terminal de ônibus à espera de que o percurso da linha urbana de um se conclua para substituí-lo por outro, fica provado que deve haver motoristas de ônibus que não possuem ônibus e dirigem ônibus de outros, de terceiros, embora não se possa descartar a eventual existência de uma categoria de motoristas de ônibus que possuem um ou mais ônibus mas dirigem ônibus que são propriedade de outros, de terceiros. Calculo que, no caso de se provar a existência desta categoria residual de motoristas proprietários que dirigem ônibus de terceiros, não deve ser uma categoria de um único membro quando a mera existência de um motorista de ônibus com tais características tenderá a gerar no sistema dos ônibus, ou no sistema dos motoristas de ônibus, a irrupção de um rol recíproco, implicando que para cada motorista proprietário que dirige ônibus de terceiros haveria um terceiro tal que, sendo proprietário, não dirige seu ônibus e sim o ônibus do primeiro, ou de outro motorista proprietário que não dirija o seu. Isso é difícil de explicar em espanhol por causa da ambivalência dos pronomes possessivos, mas um analista de sistemas de propriedade de serviços de transporte de origem alemã ou anglo-saxã entenderia isso *en un abrir y cerrar de ojos*, como dizia Eva Duarte. O que importa aqui é estabelecer nitidamente que, sejam ou não proprietários de seus veículos, os motoristas de ônibus,

Dois fiozinhos de sangue

nos horários em que a comunidade mais necessitaria da observância cabal das regulamentações de trânsito, tendem a transgredi-las com mais frequência, detendo-se em qualquer lugar para se abastecer pela frente de novos passageiros em substituição aos que em qualquer lugar foram desalojando pela porta traseira. E desta maneira dificultam o trânsito de todos os veículos que percorrem a cidade, entre os quais, paradoxalmente, também costumam se contar ônibus, idênticos aos seus próprios ônibus e dirigidos por motoristas de ônibus, colegas seus, ou seja, em espanhol, "deles". Mas este não é um conto de ônibus nem um conto de gramáticas, este é o conto dos dois fiozinhos de sangue que em duas quintas-feiras distintas do mesmo ano vi em lugares distintos da cidade, em duas distintas nucas de motoristas de táxis. Fiozinhos de sangue que emanando da cabeça de seus proprietários escorriam por suas nucas, tão parecidos que na memória só consigo diferenciá-los pela velocidade com que se deslocavam pela nuca, pelo couro cabeludo e pela pele do pescoço dos dois taxistas. Devo lembrar que atribuo essa diferença de velocidades a uma diferença no grau de densidade ou viscosidade dos sangues dos dois motoristas e não à natureza da fonte de seu emanar, nem à pressão — sanguínea — com que os dois fiozinhos de sangue afloravam, e menos ainda me comprometeria a sugerir que a diferença de velocidade estivesse determinada por uma magnitude diferente dos orifícios fonte do fiozinho, fatores que para um sistema de circulação de fluidos em que a velocidade depende do quociente entre a pressão e o tamanho do orifício, para uma determinada viscosidade, abonam em favor de uma interpretação mecânica dos fatos. Para mim, este era um caso típico de diferenças entre distintos graus de viscosidade ou densidade do fluido, e não um mero caso de diferenças entre pressões no interior dos sistemas (ou seja, os dois motoristas), nem de diferenças entre as magnitudes dos pontos de encontro entre o interior (os corpos) e o exterior (as peles, os couros cabeludos, a quadricentenária grande cidade), ou seja, a ferida, o orifício, a chaga, o buraquinho ou o "estigma", qualquer que seja a natureza ou a hipótese sobre a natureza da origem deste ponto de encontro entre o interior e o exterior, ou seja, qualquer que seja a hipótese sobre a origem do ponto de origem do fiozinho.

Quando percebi o fiozinho de sangue, acendi um cigarro, um 555, britânico. Da primeira vez — pela Callao — tinha acendido um Kent KS Box, americano, e o tinha feito estimulado pela curiosidade despertada pelo fiozinho de sangue. Em compensação, da segunda vez, a da Paraguay com Suipacha, aquela vez do fiozinho de sangue lento, acendi o State Express 555 — grande cigarro — parcialmente movido pela curiosidade e fundamentalmente arrastado pela impressão que me produziu a repetição de uma cena já antes vivida. Isso se chama espanto, ou desconcerto, ou uma palavra que intermedie estas emoções e que ainda não existe. Mas como eu não iria "me impressionar" com uma cena vivida poucos meses antes se poucos dias antes tinha escrito um relato sobre o meu primeiro episódio com o fiozinho de sangue tentando testemunhá-lo, procurando extrair daquela experiência algumas conclusões e tentando promover nos meus leitores outras conclusões que nesta altura avaliava que não era de bom gosto explicitar em um texto...! Tais as diferenças entre os móveis que provocaram o desejo de fumar do passageiro, da testemunha, do narrador, do fumante, de mim, que provocou que eu acendesse meu Kent KS Box em um caso e meu State Express 555 no outro. Em suma, tudo consistiu em uma pequena diferença, se se sabe distinguir o meramente acidental. Resumamos: primeiro — Callao — sangue aguado--Kent-curiosidade. Segundo: Paraguay-sangue viscoso-555-curiosidade e desconcerto. Para muitos, a esta altura do acontecimento textual, o motorista das duas histórias deve ser o mesmo. Explicito que não: os dois motoristas difeririam. Difeririam não só pela ocasião (eram distintas), por seus carros (eram Falcons distintos) e pela densidade de seus fios de sangue. Esses motoristas também difeririam porque eram motoristas diferentes, pessoas diferentes, cabe dizer assim. Os dois motoristas eram cinquentões e ambos exibiram no seu devido tempo seus fiozinhos de sangue, mas o primeiro, o da Callao, tinha a pele do rosto azeitonada e nariz aquilino e eu achei que seria espanhol. "Raça espanhola, deve ser espanhol, ou filho de espanhóis ou descendente apenas de espanhóis", pensei. O segundo motorista, o de sangrar mais lento, o da rua Paraguay, tinha a pele mate e o nariz arredondado. Havia em seu rosto algo italiano — uma pinta com pelos —, seus cabelos aloirados me fizeram pensar em uma incidência eslava — algum polonês, um iugoslavo em sua origem — e seus lábios tinham o típico contorno oriental que pode provir de uma herança mourisca, talvez transmitida por um gaudério do Chuí descendente de judeus portugueses que nos tempos de Aparicio Saravia passou da Banda Oriental para o nosso lado, estabelecendo-se com rancho próprio no que hoje bem poderia ser a área de Ramos Mejía, ou em terras vizinhas à estação da Ezpeleta. Os braços do segundo motorista eram braços anglo-saxões, braços como os de MacArthur ou de Montgomery, que de tão anglos e emagrecidos de não fazer sempre levam a perguntar como essa gente pode ter ganhado tantas e tantas guerras. Os braços anglos do motorista da rua Paraguay, o de sangrar mais lento, me sugeriam que em seu argentíneo crisol de raças deve ter se infiltrado algum desertor dos exércitos civilizadores de Beresford e Popham. Já se sabe desde Lukacs, a narrativa condena a operar no campo das ideologias. Mas resumo: o primeiro espanhol, o segundo hiperamalgamado, superargentino; isso diferenciava nitidamente para mim os dois motoristas.

Acendi o meu 555 desta segunda vez e reconheci no motorista um argentino, um irmão de raça. Devia avisá-lo sobre seu fiozinho de sangue. Mas... Como lhe dizer? O que podia eu dizer a esse homem com seu fiozinho de sangue descendo pela nuca até o pescoço, com meu cigarro já aceso e três quadras adiante do lugar onde percebi o fiozinho de sangue baixador, que agora já incursionava atrás da sua camisa e começava a se estabelecer como fiozinho de sangue invisível na terra de ninguém que separava a camisa da pele das costas...?

Porque o fio de sangue já estava transcorrendo pela terra de ninguém citada. E eu, fumando nas duas vezes — na da Callao e na da Paraguay, que já era a da Maipú porque acabávamos de dobrar —, pensava nessa segunda vez que bastaria que o motorista se permitisse um gesto de "relax" e estirasse as pernas para que o movimento compensatório do seu tronco levasse o pescoço a pressionar a borda superior do assento dianteiro do carro, determinando o desaparecimento dessa terra de ninguém, e provocando que o fiozinho de sangue ficasse retratado no tecido da camisa, cujas fibras parcialmente naturais não demorariam a sugar ávidas este suco que se difundiria através de sua trama têxtil para fazer daquilo que até esse momento era um fio de sangue percorrendo sua terra de ninguém uma mancha já estática se difundindo no plano testemunhal da camisa celeste de motorista.

Conto a história da segunda vez, a da Maipú. Já tínhamos dobrado. Ia para o bairro sul, ao escritório do Salles, naquela quinta-feira. Me concentro neste segundo episódio porque da primeira vez eu manejei muito mal a situação: inexperiência, espanto, talvez certa turbação causada pelo nervosismo provocado pela má sincronização dos semáforos, que era uma das características nefastas que hoje leva todos nós a recordar com amargura a velha Callao de mão dupla.

Fumava, olhava o fiozinho de sangue e me dizia: "Assim que a agitação do trânsito der a este infeliz a oportunidade de relaxar, estenderá as pernas, se livrará do permanente pedalar de freio, embreagem e acelerador e, cravando os punhos na borda superior da circunferência do volante de direção, estenderá a cabeça para trás, olhará para o estofado que recobre a face interna do teto deste Falcon e então terá chegado a hora em que seu fio de sangue, essa parte agora invisível para mim do seu fio de sangue, se esmagará entre a pele e o tecido celeste de sua camisa de motorista e lentamente sua matéria vermelha começará a se difundir pela trama têxtil assumindo a forma de uma manchinha de sangue, depois será uma verdadeira mancha de sangue oval ou circular, e depois só Deus sabe a forma que a mancha adotará na camisa deste infeliz..." Pensei isso e estive a ponto de avisá-lo de que um movimento involuntário poderia esmagar seu fiozinho e mancharia sua camisa, mas olhando para a frente vi que a Maipú continuava lotada de ônibus e táxis e carros particulares e caminhões dos novos serviços de limpeza urbana e então me disse (sempre "eu" me dizendo "eu") que o pobre homem não contaria com o instante de relax imprescindível para que seu fio de sangue concluísse dando de si tudo o que um fio de sangue pode dar: uma mancha, seu sentido final. "Sim — me disse —, a possibilidade de que este fio de sangue alcance seu sentido final está longe: o risco parece momentaneamente conjurado." Então, com a experiência que me assistia por ter vivido uma situação semelhante poucos meses atrás, e com a destreza que me brindava o acaso de ter escrito sobre aquela experiência poucos dias atrás, decidi me dirigir sem eufemismos ao motorista, tão educadamente quanto se pode dirigir a outro na cidade sem denotar afetação nem resultar suspeito de uma identidade homossexual e falei assim:

— Dizem que estão voltando a aparecer os motoristas que sangram...

Minha frase o pegou de surpresa. Demorou vários segundos para concordar com a cabeça e, depois de uns poucos metros de rua, entrevi que ia começar a falar. Efetivamente, diminuiu para segunda, apertou o pedal do freio para dar passagem a uma mulher que atravessava a Hipólito Yrigoyen em direção à praça com uma criança no colo e disse:

— É o que dizem... volta e meia alguém na garagem onde eu guardo o carro diz isso... que estão voltando a aparecer...

— Está muito bem, né... — disse para dissimular o assunto de meu interesse.

— O quê? — perguntou o homem. Eu tinha dissimulado demais.

— O carro... está muito bem. Não é comum encontrar carros tão limpos... hoje em dia...

— Olha... vai do costume... são jeitos de ser... depende do tipo de pessoa que o dono é.

— Claro — disse —, minha mulher diz isso... a classe se vê pelo que a pessoa faz, em como mantém suas coisas.

— Certo — respondeu —, minha mulher também diz isso.

— As mulheres sabem destas coisas... o dia inteiro em casa... aliás — acrescentei — ontem minha mulher... me falava sobre... — fabriquei um pouquinho de suspense.

— O quê? — já tinha despertado sua curiosidade.

— Isso... que tinham voltado a aparecer os motoristas de táxi que sangram... Foi o que me disse que lhe haviam dito, eu lhe disse que não acreditasse...

— Não acredite — disse ele — ... volta e meia dizem que aparecem alguns...

— E por que será?

— Vá saber — disse ele — ... costumes.

— É... vendo assim se explica... mas me diga — interrogava-o fingindo ignorar tudo a respeito dos motoristas que sangram e dissimulando o fato peremptório de eu mesmo ter sido testemunha ocasional do fenômeno já por duas vezes —, diga: isso não prejudica o seu trabalho...?

— Não sei... acho que sim... mas se andam e volta e meia voltam a aparecer, algum proveito devem tirar disso... Não acha?

— Sim — lhe disse — ... mas que proveito podem tirar...?

— E... não sei... mas algum deve ter. Não é verdade?

Então, sentindo que tinha a situação sob controle, me joguei com tudo sobre a minha presa. Eu queria saber:

— Você não será um dos motoristas que sangram, não?

O homem deu um coice no seu assento. Pareceu se ofender e falou olhando com ira para o reflexo do meu rosto no espelho retrovisor do Falcon:

— Não! O que você acha que eu sou...? Hein?

— Nada — disse, fingindo-me intimidado pela violência da resposta —, nada. Foi uma pergunta, uma pergunta, só isso... pensei... de repente me veio à cabeça dizer... perguntar... me veio à cabeça que você podia ser um desses que ficam sangrando no táxi...

Então ele se virou para mim. Acho, passado o tempo acho, que isso era afinal o que eu queria dele, que a despeito de seu enorme e franco espelho retrovisor se virasse para mim. E ele se virou para mim para me mostrar seu olhar de recriminação e, ao virar, o colarinho de sua camisa se aplicou na borda do assento: a sorte estava lançada. Já não houve mais terra de ninguém junto à pele de seu pescoço e suas costas, e o tecido de sua camisa de motorista começou a se tingir com o sangue que se espalhava à mercê da sucção sedenta das fibras de algodão que compunham parcialmente a trama de sua camisa celeste de motorista.

— Quem você pensa que é? — Falava zangado.

— Ninguém, eu não penso... nada... me desculpe se o ofendi...

— Não... você é que devia se ofender... quem tem que se ofender — me disse como quem dá uma lição ancestral — é você... digo na sua cara: Você se engana com as pessoas...!

— Pode ser — concedi suavizando a voz e agora sim com um não simulado respeito — ... todos se enganam com as pessoas... isso dizia Pasolini... Leu alguma vez Pasolini? — disse para mudar de assunto enquanto cruzávamos a avenida Belgrano.

— Que Pasolini? — perguntava sem perceber a mancha de sua camisa que eu já não conseguia parar de olhar interessado... — O artista de cinema?

— Sim... esse...

— O quê?... também faz livros...?

— Sim... fazia livros!, morreu... mataram-no!

— O quê...? Mataram o cara de *La dolce vita*? — perguntou confundindo tudo no instante em que seu sangue ia se confundindo com a intimidade da trama das fibras de algodão...

— Sim... mataram... — confirmei.

— Ah... agora me lembro... aqueles hippies drogados que rabiscaram a casa dele toda...

— Sim... — disse. Então percebi que Pasolini, que para ele em vida formava um corpo com Mastroianni ou Fellini, morto passava a pertencer ao mundo de Sharon Tate, Polanski e da cultura anfetamínica do clã Manson. Mas eu não podia parar para explicar isso a um homem cujo sangue formava agora um corpo com o tecido de sua camisa que tinha sido celeste e agora, ali onde a mensagem vermelha a invadia, assumia uma cor de tijolo escuro, e tampouco me senti muito seguro de que não houvesse na vida de Pasolini algum instante privilegiado de identificação com o fantasma vivo e grávido de Sharon Tate.

— Não sabia que este escreveu livros... — disse o meu sangrante motorista.

— Sim — lhe informei —, escreveu muitos livros... bons... e em um dos livros dizia algo parecido com o que você me disse agorinha... isso de que todo mundo se confunde com as pessoas...

— Ah, sim... — dizia o homem, enquanto eu não deixava escapar que nesse instante ele, em sua intimidade, amaldiçoava o trânsito congestionado da rua Chile...

— E a propósito disso... queria lhe perguntar sua opinião: se, por exemplo, você fosse um passageiro e pegasse um motorista que sangra, um desses que andam sangrando e sangrando, o que você faria? — pesquisei.

— Não sei... o que ia fazer?

— Não sei... não sou taxista... por isso queria saber a sua opinião...

— O que ia fazer com ele? Deixava... para mim que o homem sangre ou não sangre dá na mesma... se eu fosse o passageiro, ia querer que dirigisse bem e nada mais... isso é suficiente para mim, não é verdade?

Estas foram suas últimas palavras: "não é verdade". Chegávamos à México com a Bolívar, meu destino. Paguei com uma nota de dez mil pesos e, enquanto vigiava para que meu interlocutor não fraudasse o troco — velho hábito dos motoristas de Buenos Aires —, observei que sua mancha ia crescendo até formar uma figura do tamanho de uma folha de nogueira, ou de tilo jovem. Gostaria de ter sabido a que horas este motorista deixava seu turno para calcular melhor as dimensões que sua mancha chegaria a adquirir no final da jornada de trabalho, mas pensei que se perguntasse diretamente ele me responderia qualquer grosseria, ou simples e sinceramente, com seu humor de cão, mentiria para mim como a uma criança. Além disso, pensei naquele dia (e hoje, analisando melhor, me convenço de que estava certo) que no curso da tarde não faltaria um passageiro pouco experiente em viajar com motoristas que sangram que, comedido, lhe anunciasse que seu fiozinho de sangue já era evidente e que sua camisa manchada só corroborava que também ele era um motorista que sangra, levando-o a tomar consciência de que seu diálogo comigo durante o meio-dia não tinha sido produto do acaso nem o capricho de um passageiro impertinente, mas obedecia a uma realidade da qual ele mesmo fazia parte e que sua natural teimosia de motorista lhe impedia de assumir. Quando, parado no meio-fio da calçada, recebi meu troco, mantive a porta traseira do Falcon aberta e contei: três notas de mil, uma de quinhentos, duas moedas de cem pesos. Estava correto, a viagem tinha custado seis mil e trezentos pesos, assim indicava o taxímetro embutido no painel do carro. Só quando verifiquei os números fechei a porta disse "adeus" ou "boa sorte" ou alguma destas frases que se costuma dizer ao terminar uma viagem.

Tradução de Maria Alzira Brum Lemos

Delicadeza

Liliana Heker

A senhora Brun estava terminando de se arrumar para ir visitar sua amiga Silvina quando viu que estava saindo um pouco de água pela fonte do bidê. Tentou fechar bem as torneiras, mas não funcionou. Abriu-as totalmente para em seguida fechá-las com o redutor, mas, por mais que apertasse, o jato de água quente saía com tanta pressão que quase chegava ao teto. Voltou a abrir e fechar a torneira de água quente; foi inútil: o jato continuava saindo. O banheiro inteiro estava molhado e repleto de vapor, e ela própria estava ensopada, de modo que não restou outra solução a não ser fechar o registro de água quente, trocar de roupa e se pôr à tarefa de conseguir um encanador.

Nada fácil. O que sempre vinha à sua casa já tinha trabalho comprometido para três dias, o do condomínio não teria tempo antes da tarde seguinte. Finalmente, um encanador cujo telefone o porteiro do lado acabava de lhe passar deu sua palavra de que estaria ali em meia hora.

A senhora Brun desceu para perguntar ao porteiro do lado se o encanador era de confiança.

— Não o conheço, senhora — disse o porteiro —, mas, hoje em dia, a gente não pode confiar nem na mãe.

Não era muito animador, mas que saída restava?

Ligou para sua amiga Silvina e lhe contou o contratempo.

— De repente é uma coisa de nada e posso ir mais tarde — disse.

Precavida, guardou à chave a carteira e as joias; também ligou para o marido para lhe contar o incidente e avisar que um encanador que não conhecia estava vindo. Diante de qualquer situação anômala, seu marido saberia a que se ater.

O encanador, um homem magro de uns cinquenta anos, chegou em meia hora como tinha lhe dito. O que a senhora Brun não gostou muito foi que viesse acompanhado de outro, um rapaz grandão de cabelo comprido e encaracolado preso em um rabo de cavalo.

— Ah, não sabia que ia trazer um ajudante — disse com muita cordialidade. — Como parece um serviço tão simples...

— Ainda não vimos, senhora — disse cortante o encanador.

Parece ter pavio curto, pensou a senhora Brun. Levou os dois ao banheiro e explicou o problema.

— Onde está o registro geral? — perguntou o encanador.

— Precisa abri-lo? — O olhar do encanador a desanimou. Apressou-se a dizer: — Claro, claro, não se preocupe, vou já.

Foi até a cozinha e abriu o registro geral.

Voltou e a água saía a jorros. O ajudante manipulava uma espécie de chave inglesa, o encanador lhe dava indicações.

— Ai, está ensopando todo o banheiro — disse a senhora Brun.

— É água, senhora — disse o encanador. — Depois se enxuga.

Ela suspirou.

— Acha que...?

— Agora precisa fechar o registro — disse o encanador.

Ela foi correndo, fechou o registro e voltou.

— Preciso de um pano — pediu o encanador.

Foi procurar um pano. Quando trouxe, o encanador estava trabalhando.

— Enxugue um pouco, por favor — disse ao ajudante. — É o vedador da água quente — disse à senhora Brun —, mas, além disso, o misturador está quebrado. Sabia que estava quebrado?

— Não — disse ela —, sempre funcionou perfeitamente.

— Perfeitamente? — disse o encanador. — Conseguia passar da fonte central às laterais?

— Na verdade, não.

— Então não funcionava perfeitamente. É o misturador.

— E o conserto vai demorar muito?

— Mais ou menos meia hora. Vou ter que testar várias vezes com o registro. É melhor me dizer onde está.

A insistência do encanador lhe provocou um mau pressentimento, mas a senhora Brun considerou preferível não contrariá-lo. Com esta gente nunca se sabe, pensou que diria à amiga Silvina quando lhe contasse, e o guiou para a cozinha. Esperou. O encanador abriu o registro, gritou alguma coisa para o ajudante, que lhe respondeu, e finalmente o fechou.

— Acompanho-o ao banheiro? — disse a senhora Brun.

O encanador a olhou de maneira pouco amistosa.

— Sei o caminho — disse.

Ela esperou que o homem se afastasse e foi até o escritório, de onde, pelo menos, podia ver a porta do banheiro. Estava com vontade de ligar para a amiga Silvina para lhe contar o quanto o encanador era antipático, mas finalmente decidiu que era melhor não ligar: com a porta aberta os homens iriam ouvi-la e, se fechasse, não ia poder vigiar a porta do banheiro. Não é que eu fique em cima dele, pensou que teria dito a Silvina; não gosto disso de ficar vigiando as pessoas enquanto trabalham, mas este encanador é um sujeito tão estranho, e ainda por cima com este ajudante, me diga se tinha necessidade de trazer um ajudante. Se você visse o jeito como insistiu que ele tinha que manejar o registro, o que eu ia dizer? Está aí, andando de um lado para outro como se fosse a casa da sogra.

Foi até o banheiro.

— E como vai isso? — perguntou com jovialidade.

— Bem — disse o encanador —, logo vai estar pronto.

— Ai, que sorte, então vou ter tempo para ir à casa da minha amiga, coitada, está imobilizada com um entorse de tornozelo.

Não houve comentários a respeito, nem da parte do encanador nem da parte do ajudante, assim a senhora Brun esperou um pouco e finalmente foi ao quarto para preparar a roupa: planejava se trocar assim que o encanador fosse embora, de modo que iria logo à casa da amiga Silvina. Tirou do porta-joias os brincos que ia colocar, e foi neste momento que se lembrou do pingente com a gota: o tinha deixado no estojo de primeiros socorros do banheiro como fazia sempre antes de entrar no chuveiro.

Tentou se acalmar: o encanador não teria nenhum motivo para abrir o estojo de primeiros socorros.

Foi até o banheiro e parou na porta; não queria parecer ansiosa.

— Tudo bem? — perguntou. — Já estão terminando?

— Exatamente, senhora — disse o encanador.

— Depois já vão para casa descansar?

— Ainda não — respondeu o ajudante.

— Ai, que trabalho ingrato — disse a senhora Brun —, sempre alguma urgência de última hora. Se me dão licença, vou pegar uma coisinha.

Entrou no banheiro e abriu o estojo de primeiros socorros. Um sopro de pavor a percorreu de cima a baixo: a gota não estava.

Sem muitas esperanças, deu uma olhada em volta para ver se por acaso tinha ficado em cima da pia ou de alguma prateleira. Nada. No chão. Nada.

— Ai! — exclamou involuntariamente.

O encanador a olhou.

— Algum problema? — disse.

— Não, nada, é que me lembrei de uma coisa — disse, e saiu do banheiro.

É claro que tenho certeza, pensou que teria dito à amiga Silvina, sempre o deixo ali antes de tomar banho (por via das dúvidas, ia revistando o porta-joias, a cômo-

243

da, o criado-mudo), guardo no estojo de primeiros socorros exatamente para que não caia, imagine, é um diamante de três quilates. Não, claro que não uso todos os dias, você acha que sou louca, com esta insegurança; só para alguma saída especial, e desde que o Ricardo vá junto. Por isso justamente é que o coloco quando estou em casa, porque não há nenhum risco. Se não, quando iria usar? E eu adoro esta gota.

Tinha terminado de procurar em todos os lugares possíveis e nada. O que ia fazer agora? Obviamente não posso me plantar ali e dizer "você roubou minha gota", pensou que teria dito à amiga Silvina. Por delicadeza, entende, a gente não pode chegar de qualquer jeito e acusar um cara de ladrão se não tem provas. Além disso, ele tem um gênio... Vai que o sangue lhe sobe e me dá uma martelada na cabeça. E aí é que vai ser. Além do mais, são dois; comigo desmaiada em cinco minutos me roubam a casa, e aí já era.

A senhora Brun estava de pé no meio do hall, se perguntando como devia agir; por mais delicadeza que tivesse, tampouco podia permitir que o encanador levasse o seu diamante tão facilmente. Era muito provável que o cara nem sequer fosse um ladrão profissional: tinha-o visto no estojo de primeiros socorros, se deu conta do valor que tinha e simplesmente o afanou. Neste instante a senhora Brun começou a ver claramente: o que devia fazer era dar ao sujeito uma oportunidade para devolvê-lo. Deu um grito. De repente, o encanador tinha aparecido diante de seus olhos.

— Aonde vai? — gritou.

O homem a olhou, um tanto surpreso.

— Abrir o registro — disse.

— Ah, sim, claro, desculpe: é que estava pensando em outra coisa — disse a senhora Brun.

Caminhou até o banheiro pensando no que ia lhe dizer. O rapaz dos cachos estava mexendo no misturador.

— Abri! — se ouviu o grito do encanador da cozinha.

O rapaz abriu a torneira de água quente. Saiu um jorro considerável de água. Girou o misturador: a água saiu por baixo. Fechou: a água parou de sair.

— Que bom, né — disse a senhora Brun. Fingiu procurar alguma coisa no balcão da pia.

— Tudo em ordem? — perguntou o encanador, que acabava de entrar no banheiro.

— Sim — disse o rapaz.

— Ai, meu Deus! — disse a senhora Brun. O encanador e o rapaz a olharam. — Seria capaz de jurar que deixei aqui — disse com um tom de angústia; esperou que perguntassem alguma coisa, mas não. — É que sou tão distraída, não tenho jeito. Vocês, por acaso, não viram um pingente em cima do balcão?

Os dois homens disseram que não.

— Ai, quero morrer. Tinha um valor sentimental tão grande para mim. Foi um presente do meu marido quando nos casamos, era da mãe dele, coitada, morreu tão nova.

— Será que não deixou em outro lugar, senhora? — disse o encanador, um pouco impaciente.

— Não, tenho certeza de que não.

— Bom, depois procura melhor — disse o encanador. — Nós já terminamos.

É um cínico, pensou que ia dizer a senhora Brun à amiga Silvina, mas já tinha tudo bem pensado; a questão era dar-lhes oportunidade para devolvê-lo.

— Diga — disse —, não pode ter caído pelo ralo da pia?

O encanador deu de ombros.

— Poder, pode — disse. — Depende do tamanho.

— Era pequeno — apressou-se a dizer a senhora Brun. Resumindo, se o cara estivesse com ele, não ia dizer não senhora, eu sei que é enorme.

— Então pode — disse o encanador.

— Você poderia fazer a gentileza de verificar? Enquanto isso faço um cafezinho.

O encanador trocou com o ajudante um olhar que não escapou à perspicácia da senhora Brun.

— Algo gelado é suficiente, senhora — disse o encanador.

Ela foi para a cozinha. Pensou que era muito hábil da sua parte deixá-los sozinhos. Devo dar-lhes tempo. Se não fossem ladrões profissionais, talvez se comovessem e, quando ela estivesse voltando com os copos, diriam: Está aqui; estava no ralo.

— E aí? — disse quando voltou com os copos.

O homem tinha tirado a grade do ralo.

— Aqui não está — disse.

— Mas que contratempo — disse a senhora Brun. — Veja bem, não pode ter desaparecido.

O encanador a olhou inamistosamente.

— Não, senhora — disse —, desaparecer não desaparece nada neste mundo.

— Então em algum lugar tem que estar — disse a senhora Brun.

— Sim — disse o encanador; olhou as horas.

— Onde? — disse a senhora Brun. — Onde acha que pode estar?

— Talvez na água do sifão.

— Ai, não pode procurá-lo ali?

— Ali, onde? — disse o encanador.

— No sifão.

O encanador deu de ombros.

— Poder, posso, senhora. Mas vai precisar tirar a pia inteira.

— Não importa — disse a senhora Brun —, não imagina o quanto este pingente é importante para mim. Eu lhe agradeceria muito.

— Senhora, vamos nos entender: não vai ter que me agradecer. Eu faço o que me pedir, e depois cobro. É o meu trabalho.

— Claro, senhor, é o seu trabalho. Era só o que faltava. Eu os deixo em paz. Tirem tudo o que tenham que tirar. Com certeza quando menos se esperar me darão uma boa notícia. Estarei por perto. Qualquer coisa me chamem.

E o que você queria que eu fizesse, pensou que teria dito à amiga Silvina, agora que já cheguei a este ponto, tenho que lhes dar a última oportunidade, não acha? Ainda por cima o sujeito me olha com uma cara de assassino... Vá saber como essa gente reage.

Caminhou nervosamente entre o escritório e o living, ouvindo as batidas. Morria de vontade de entrar no banheiro, mas não: tinha que lhes dar tempo para que conversassem entre eles, de repente reconsideravam: tinha lido que até os piores criminosos guardam um mínimo de sentimento.

Quando parou de ouvir as batidas, entrou no banheiro: seu lindo balcão com tampo de mármore estava no chão, e havia buracos nos azulejos.

A senhora Brun uniu as palmas como se rogasse.

— Digam que acharam — disse.

— Infelizmente não, senhora — disse o encanador.

Ela se enfureceu; pensou que aquilo já estava passando dos limites.

— Não pode ser! — disse com tom autoritário. — Eu deixei aqui, em cima deste balcão! Procurem, em algum lugar deve estar!

— Com certeza deve estar em algum lugar — disse com calma o encanador.

É um homem perverso, pensou a senhora Brun que ia dizer à amiga Silvina; gosta de me atormentar, mas não vou me render assim tão fácil.

— E então, que solução me dá? — disse.

O encanador, agora sem a menor dissimulação, cravou na senhora Brun um olhar frio e feroz.

— Se quiser, podemos quebrar o banheiro até chegar à caixa, de repente em alguma parte do encanamento aparece finalmente seu pingente.

Quer me matar, pensou a senhora Brun. Me olhava com aquela cara de assassino, pensou que diria à amiga Silvina, e eu percebia que, se o contrariasse, ia me matar.

— Sim, quebre, quebre — disse. — Se me garante que assim vai aparecer.

Delicadeza

— Sim, senhora, vai aparecer — disse o encanador com ferocidade bem controlada. — Tudo aparece mais cedo ou mais tarde.

A senhora Brun o olhou com medo.

— Mas se nem assim encontrarem? — disse, desesperada.

O encanador cravou os olhos nela.

— Se quebrarmos até a caixa e nem assim encontrarmos, sabe o que podemos fazer? — Fez uma pausa. Matá-la, pensou a senhora Brun que ia dizer o encanador. — Vamos continuar quebrando até chegar ao rio. Com certeza, se não aparecer por aqui, vai estar no rio, não acha? O importante é que encontremos o seu pingentinho.

— O rio, tem razão, o rio — disse a senhora Brun, embriagada de terror. — Com certeza, se não estiver aqui, vai aparecer no rio. — Foi se deslocando com dissimulação para a porta do banheiro. — Quebrem, por favor, quebrem, até o rio. Calma, hein, trabalhem em paz, que eu vou dormir. Peguem o que quiserem, depois meu marido paga.

Trancou-se no quarto justo na hora em que começavam as batidas. Tomou um comprimido para dormir e se deitou. Assim que apoiou a cabeça se lembrou de que tinha escondido a gota de diamante ali, debaixo do travesseiro, apressadamente, porque o encanador tocou a campainha quando a estava tirando. Era certo que, se a gota estivesse ali, seu marido nunca entenderia qual a necessidade de quebrar todo o banheiro, então se levantou, foi até o balcão e jogou a gota bem longe, para que não voltasse. Pensou se contaria isso à amiga Silvina.

As batidas se ouviam cada vez mais fortes de modo que, antes de se deitar novamente, colocou algodões nos ouvidos. Agora sim, que quebrassem tudo o que quisessem. Até dar com a caixa, ou até chegar ao rio, ou até que, deste mundo seguro e confortável de que tinha desfrutado a senhora Brun, não restasse pedra sobre pedra.

Tradução de Maria Alzira Brum Lemos

A mãe de Ernesto

Abelardo Castillo

Se Ernesto se inteirou de que ela tinha voltado (como tinha voltado), eu nunca soube, mas o caso é que pouco depois foi morar n'O Tala, e, em todo aquele verão, só o vimos de novo uma ou duas vezes. Dava trabalho olhá-lo de frente. Era como se a ideia que Julio havia nos metido na cabeça — porque a ideia foi dele, de Julio, e era uma ideia estranha, perturbadora: suja — nos fizesse sentir culpados. Não é que a gente fosse puritano, não. Nessa idade, e num lugar como aquele, ninguém é puritano. Mas justamente por isso, porque não éramos, porque não tínhamos nada de puros ou bonzinhos e no final das contas nos parecêssemos bastante com quase todo mundo, é que a ideia tinha alguma coisa que perturbava. Uma coisa inconfessável, cruel. Atraente. Principalmente, atraente.

Foi há muito. Ainda havia o Alabama, naquele posto de gasolina que tinham construído na saída da cidade, acima da estrada. O Alabama era uma espécie de restaurante inofensivo, inofensivo de dia, pelo menos, mas que por volta da meia-noite se transformava em algo assim como um clube noturno rudimentar. Deixou de ser rudimentar quando ocorreu ao turco acrescentar uns quartos no primeiro andar e trazer mulheres. Trouxe uma mulher.

— Não!
— Sim. Uma mulher.
— Trouxe de onde?

Julio assumiu essa atitude misteriosa, que tão bem conhecíamos — porque ele tinha um virtuosismo particular de gestos, palavras, inflexões que o faziam estranhamente notório, e invejável, como a um módico Brummel do interior —, e depois, em voz baixa, perguntou:

— Por onde anda o Ernesto?

No campo, disse eu. Nos verões Ernesto ia passar umas semanas n'O Tala, e isso vinha acontecendo desde que o pai dele, por causa daquilo que aconteceu com a mulher, já não quis voltar à cidade. Eu disse no campo, e depois perguntei:

— O que o Ernesto tem com isso?

Julio pegou um cigarro. Sorria.

— Sabem quem é a mulher que o turco trouxe?

Aníbal e eu nos olhamos. Eu me lembrava agora da mãe de Ernesto. Ninguém falou. Ela tinha ido embora fazia quatro anos, com uma dessas companhias teatrais que percorrem as cidadezinhas: desmiolada, disse minha avó daquela vez. Era uma mulher linda. Morena e grande: eu me lembrava. E não devia ser muito velha, teria quem sabe quarenta anos.

— Vagabunda, hein?

Houve um silêncio e foi então que Julio nos cravou aquela ideia entre os olhos. Ou, vai ver, já a tínhamos.

— Se não fosse a mãe...

Não disse mais que isso.

A mãe de Ernesto

* * *

Quem sabe. Talvez Ernesto não tenha se inteirado, pois durante aquele verão só o vimos uma ou duas vezes (mais tarde, segundo dizem, o pai vendeu tudo e ninguém voltou a falar deles), e, nas poucas vezes em que o vimos, dava trabalho olhá-lo de frente.

— Culpados do quê, cara? No fim das contas, é uma mulher da vida, e faz três meses que está no Alabama. E, se vamos esperar que o turco traga outra, vamos morrer de velhos.

Depois, ele, Julio, acrescentava que só era preciso conseguir um carro, ir, pagar e depois mandar ver, e que se não nos animávamos a acompanhá-lo ia achar alguém que não fosse um banana, e Aníbal e eu não íamos deixar que nos dissesse isso.

— Mas é a mãe.

— A mãe. E a quem você chama de mãe? Uma porca também pare porquinhos.

— E os come.

— Claro que os come. E aí?

— O que isso tem que ver? Ernesto cresceu com a gente.

Eu disse alguma coisa sobre as vezes que havíamos brincado juntos; depois fiquei pensando, e alguém, em voz alta, formulou exatamente o que eu estava pensando. Talvez tenha sido eu:

— Lembram como era?

Claro que lembrávamos, fazia três meses que vínhamos lembrando. Era morena e grande; não tinha nada de maternal.

— Além disso, metade da cidade já foi. Os únicos somos nós.

Nós: os únicos. O argumento tinha a força de uma provocação, e também era uma provocação que ela houvesse voltado. E então, porcamente, tudo parecia mais fácil. Hoje acho — quem sabe — que, se se tratasse de uma mulher qualquer, talvez nem tivéssemos pensado em ir. Quem sabe. Dava um pouco de medo falar, mas, em segredo, ajudávamos Julio a nos convencer; porque o equívoco, o inconfessável, o monstruosamente atraente de tudo isso, era, talvez, que se tratava da mãe de um de nós.

— Não fala merda, por favor — me disse Aníbal.

Uma semana mais tarde, Julio garantiu que nessa mesma noite conseguiria um carro. Aníbal e eu o esperávamos no bulevar.

— Não devem ter emprestado pra ele.

— Vai ver, deu pra trás.

Eu disse como que com desprezo, me lembro perfeitamente. No entanto, foi uma espécie de prece: vai ver, deu pra trás.

Aníbal tinha a voz estranha, voz de indiferença:

— Não vou esperar a noite toda; se dentro de dez minutos ele não vier, dou o fora.

— Como será agora?

— Quem... a fulana?

Esteve a ponto de dizer: a mãe. Notei na cara dele. Disse a fulana. Dez minutos são longos, e então era difícil esquecer de quando íamos brincar com Ernesto, e ela,

A mãe de Ernesto

a mulher morena e grande, nos perguntava se queríamos ficar para tomar leite. A mulher morena. Grande.

— Cara, isso é uma nojeira só.
— Você tem medo — disse eu.
— Medo não, é outra coisa.

Encolhi os ombros.

— Em geral, todas essas têm filhos. Ia ser mãe de alguém.
— É diferente. A gente conhece o Ernesto.

Eu disse que isso não era o pior. Dez minutos. O pior era que ela nos conhecia, e que ia nos olhar. Sim. Não sei por que, mas eu estava convencido de uma coisa: quando ela nos olhasse, ia acontecer alguma coisa.

Agora Aníbal tinha cara de assustado, e dez minutos são longos. Perguntou:

— E se ela bota a gente pra fora?

Ia responder quando me deu um nó nas tripas: pela rua principal vinha o estrondo de um carro sem surdina.

— É o Julio — dissemos juntos.

O carro fez uma curva prepotente. Tudo nele era prepotente: os faróis de milha, a surdina. Inspirava coragem. A garrafa que Julio trouxe também inspirava coragem.

— Roubei do meu velho.

Os olhos dele brilhavam. Depois dos primeiros tragos, os olhos de Aníbal e os meus também brilhavam. Pegamos a Calle de los Paraísos, em direção à passagem de nível. Os olhos dela também brilhavam quando éramos crianças, ou, talvez, agora me parecia que tinha visto eles brilharem. E se pintava, se pintava muito. A boca, principalmente.

— Fumava, lembra?

Todos estávamos pensando a mesma coisa, porque isso não foi dito por mim, mas por Aníbal; o que eu disse foi que sim, que me lembrava, e acrescentei que sempre se começa por alguma coisa.

— Quanto falta?

— Dez minutos.

E os dez minutos voltaram a ser longos; mas agora eram longos exatamente ao contrário. Sei lá. Talvez fosse porque eu me lembrava, todos nos lembrávamos, daquela tarde quando ela estava limpando o assoalho, e era verão, e quando ela se abaixou o decote do vestido se separou do corpo, e nós nos cutucamos com os cotovelos.

Julio apertou o acelerador.

— No fim das contas, é um castigo — sua voz, Aníbal, não era convincente. — Uma vingança em nome do Ernesto, pra que não seja uma vagabunda.

— Que castigo o quê!

Alguém, acho que fui eu, disse uma obscenidade horrorosa. Claro que fui eu. Nós três rimos às gargalhadas e Julio acelerou mais.

— E se ela manda botarem a gente pra fora?

— Você não tá regulando bem da cabeça! Se ela ficar de nhe-nhe-nhem, falo com o turco, ou armo um barraco que fecham o boteco. O cliente sempre tem razão!

A essa hora não havia muita gente no bar: algum viajante e dois ou três caminhoneiros. Da cidade, ninguém. E, vá saber por que, isso me fez sentir valente. Impune. Pisquei o olho para a loirinha que estava atrás do balcão; enquanto isso, Julio falava com o turco. O turco nos olhou

A mãe de Ernesto

como se nos estudasse, e pela cara desafiadora que Aníbal fez me dei conta de que ele também se sentia valente. O turco disse para a loirinha:

— Leva eles pra cima.

A loirinha subindo os degraus: me lembro das pernas dela. E de como rebolava ao subir. Também me lembro de que lhe disse uma indecência, e que a garota me respondeu com outra, coisa que (talvez por causa do conhaque que tomamos no carro, ou pelo gim no balcão) achamos muito engraçada. Depois estávamos numa sala limpa, impessoal, quase acolhedora, em que havia uma mesa pequena: a salinha de espera de um dentista. Pensei e se nos arrancam um dente? Disse aos outros:

— E se nos arrancam um dente?

Era impossível aguentar o riso, mas tentamos não fazer barulho. As coisas eram ditas em voz muito baixa.

— Como na missa — disse Julio, e todos nós achamos de novo tremendamente divertido; mas nada foi tão engraçado como quando Aníbal, tapando a boca e talvez resfolegando, acrescentou:

— Já pensou se numa dessas sai o padre aí de dentro?!

A minha barriga doía e a garganta estava seca. De tanto rir, acho. Mas de repente ficamos sérios. O cara que estava lá dentro saiu. Era um homem baixo, rechonchudo; tinha a aparência de um porquinho. Um porquinho satisfeito. Fazendo um sinal com a cabeça para o quarto, fez um gesto: mordeu o lábio e virou os olhos.

Depois, enquanto se ouviam os passos do homem que descia, Julio perguntou:

— Quem entra?

Trocamos um olhar. Até esse momento não tinha me ocorrido, ou eu não tinha deixado que me ocorresse, que íamos ficar sozinhos, separados — isso: separados — diante dela. Encolhi os ombros.

— Sei lá. Qualquer um.

Pela porta meio aberta se ouvia o barulho da água saindo de uma torneira. Lavatório. Depois, um silêncio e uma luz que nos pegou no rosto; a porta acabava de se abrir de todo. Ali estava ela. Ficamos olhando-a, fascinados. O babydoll entreaberto e a tarde daquele verão, antes, quando ainda era a mãe de Ernesto e o vestido tinha se separado do corpo e ela nos dizia se queríamos ficar para tomar leite. Só que agora a mulher era loira. Loira e grande. Sorria com um sorriso profissional; um sorriso vagamente infame.

— E então?

Sua voz, inesperada, me sobressaltou: era a mesma. Alguma coisa, no entanto, havia mudado nela, na voz. A mulher sorriu de novo e repetiu "e então?", e era como uma ordem; uma ordem pegajosa e quente. Talvez tenha sido por isso que, nós três juntos, ficamos de pé. Seu babydoll, me lembro, era escuro, quase transparente.

— Vou eu — murmurou Julio, e se adiantou, decidido.

Conseguiu dar dois passos: nada mais que dois. Porque ela então nos olhou em cheio, e ele parou de repente. Parou sabe-se lá por quê: de medo, ou de vergonha talvez, ou de nojo. E aí acabou tudo. Porque ela nos olhava e eu sabia que, quando nos olhasse, ia acontecer alguma coisa. Nós três tínhamos ficado imóveis, pregados no assoalho; e ao nos ver assim, titubeantes, vá saber com que caras, o

A mãe de Ernesto

rosto dela foi se transfigurando lenta, gradualmente, até adquirir uma expressão estranha e terrível. Sim. Porque no começo, durante uns segundos, foi perplexidade ou incompreensão. Depois não. Depois obscuramente pareceu ter entendido alguma coisa, e nos olhou com medo, ferida, interrogante. Então disse. Perguntou se tinha acontecido alguma coisa com ele, com o Ernesto.

Disse isso fechando o babydoll.

Tradução de Ernani Ssó

Os autores

Abelardo Castillo nasceu em Buenos Aires, em 1935. Durante os anos 1960, 70 e 80, publicou as prestigiadas revistas literárias *El Escarabajo de Oro* e *El Ornitorrinco*. Escreveu as novelas *Crónica de un iniciado* (1991) e *El Evangelio según Van Hutten* (1999), o ensaio *Ser escritor* (1997) e vários livros de contos, como *Las otras puertas* (1972), *Cuentos crueles* (1982) e *Las maquinarias de la noche* (1992). Também trabalhou com dramaturgia, e sua peça *Israfel* (1964), sobre a vida de Edgar Allan Poe, recebeu o Prêmio Internacional da Unesco. Sua obra literária ganhou, dentre outros, o Prêmio de Narrativa José María Arguedas. O conto incluído nesta antologia faz parte do livro *Las otras puertas*.

Marcelo Cohen nasceu em Buenos Aires, em 1951, mas morou durante muitos anos na Espanha. É tradutor, ensaísta, colaborador de vários meios de comunicação e diretor, junto com Graciela Speranza, da revista *Otra Parte*. Escreveu, entre outros, os romances *El país de la dama eléctrica* (1994), *Casa de Ottro* (2009) e *Balada* (2011); e os livros de contos *El fin de lo mismo* (1992) e *Los acuáti-*

cos (2001). O conto incluído nesta antologia faz parte do livro *El fin de lo mismo*.

Inés Fernández Moreno nasceu em Buenos Aires, em 1947. Formada em Letras pela Universidade de Buenos Aires, estudou também na França e na Espanha. Trabalhou com publicidade e marketing e atualmente ministra oficinas de escrita, além de colaborar com diversos meios de comunicação. Escreveu romances e livros de contos, entre eles: *La última vez que maté a mi madre* (1999), *El cielo no existe* (2013), *Un amor de agua* (1997) e *Hombres como médanos* (2003). O conto incluído nesta antologia faz parte do livro *Mármara* (2009).

Fogwill nasceu em Buenos Aires, em 1941. Foi sociólogo formado pela Universidade de Buenos Aires, onde se tornou professor. Também trabalhou no campo da publicidade. Escreveu alguns poemas, os romances *Vivir afuera* (1998), *La experiencia sensible* (2001) e *Os pichicegos: Malvinas, uma batalha subterrânea* (lançado no Brasil pela Casa da Palavra em 2007); e vários contos, reunidos no livro *Cuentos completos* (2009). Escreveu para jornais e revistas e foi traduzido para alemão, hebraico, francês, inglês, português e mandarim. Em 2003 obteve a Beca Guggenheim e em 2004 o Prêmio Nacional de Literatura. Morreu em Buenos Aires, em 2010. O conto incluído nesta antologia faz parte do livro *Cuentos completos*.

Inés Garland nasceu em Buenos Aires, em 1960. Colaboradora de diversos meios de comunicação e coordenadora de oficinas literárias, é também autora de *El rey de* *los centauros* (2006) e do romance juvenil *Piedra, papel o tijera* (2009), que foi premiado pela Associação de Literatura Infantil e Juvenil da Argentina e traduzido para o alemão. Seu livro de contos *Una reina perfecta* (2008) foi premiado pelo Fundo Nacional das Artes. O conto incluído nesta antologia faz parte do livro *Barcos en la noche*, ainda não publicado.

Liliana Heker nasceu em Buenos Aires, em 1943. Foi cofundadora, com Abelardo Castillo e Sylvia Iparraguirre, das revistas literárias *El Escarabajo de Oro* e *El Ornitorrinco*. Em 1966, recebeu um prêmio da Casa de las Américas por seu primeiro livro, *Los que vieron la zarza*. Também é autora do ensaio *Las hermanas de Shakespeare* (1999); dos romances *Zona de clivaje* (1987) e *El fin de la historia* (2012); e de vários livros de contos, entre eles *La crueldad de la vida* (2001) e *La muerte de Dios* (2011). Sua obra foi publicada em Israel, Alemanha, França, Turquia, Polônia, Holanda, Rússia, Sérvia e Irã. O conto incluído nesta antologia faz parte do livro *La muerte de Dios*.

Sylvia Iparraguirre nasceu em Buenos Aires, em 1947. Formou-se em Letras na Universidade de Buenos Aires e foi cofundadora, com Abelardo Castillo e Liliana Heker, da revista *El Ornitorrinco*. Publicou os livros de contos *En el invierno de las ciudades* (1988), *Probables lluvias por la noche* (1993) e *El país del viento* (2003); e romances como *El parque* (2004) e *La orfandad* (2010). Seu livro *La tierra del fuego* (1998) foi traduzido em diversos idiomas, obteve êxito de crítica e vendas e recebeu, entre outros, o prêmio mexicano Sor Juana Inés de la Cruz. O conto incluído nesta antologia faz parte do livro *En el invierno de las ciudades*.

Alejandra Laurencich nasceu em Buenos Aires, em 1963. É autora de livros de contos premiados como *Coronadas de gloria* (2010) e *Historias de mujeres oscuras* (2007); e do romance *Vete de mi* (2009). Seus textos foram traduzidos para o inglês, o alemão e o esloveno. É fundadora e diretora editorial da revista literária *La Balandra*. O conto incluído nesta antologia faz parte do livro *Lo que dicen cuando callan* (2013).

Claudia Piñeiro nasceu em Buenos Aires, em 1960. É autora de vários romances, entre eles *Las grietas de Jara* (2009; vencedor do Prêmio Sor Juana Inés de la Cruz), *Elena sabe* (2007) e *As viúvas das quintas-feiras* (lançado no Brasil pela Alfaguara em 2007; vencedor do Prêmio Clarín de Novela). Atua também como roteirista de TV e dramaturga, e sua peça de teatro *Cuánto vale una heladera* foi publicada na Argentina pelo Ministério de Educação, Ciência e Tecnologia. Suas obras estão sendo traduzidas em vários idiomas. O conto incluído nesta antologia é inédito.

Pablo Ramos nasceu em Buenos Aires, em 1966. É autor dos romances *La ley de la ferocidad* (2007), *El origen de la tristeza* (2010) e *En cinco minutos levántate María* (2010). Seu livro *Cuando lo peor haya pasado* (2005) obteve prêmios do Fundo Nacional das Artes e da Casa de las Américas. Sua obra foi traduzida para o francês, o português e o alemão. O conto incluído nesta antologia faz parte do livro *El camino de la luna* (2012).

Eduardo Sacheri nasceu em Buenos Aires, em 1967. É professor formado em História e escreveu vários livros de contos, entre eles: *Esperándolo a Tito* (2000), *Te conozco, Mendizábal* (2001) e *Lo raro empezó después* (2004); e os romances *Aráoz y la verdad* (2008) e *Papeles en el viento* (2011). Seu livro *O segredo dos seus olhos* (publicado no Brasil pela Suma de Letras em 2011) foi adaptado para o cinema pelo diretor Juan Campanella e ganhou o Oscar de Melhor Filme Estrangeiro em 2010. Sua obra foi traduzida para mais de vinte idiomas. O conto incluído nesta antologia faz parte do livro *Lo raro empezó después*.

Manuel Soriano nasceu em Buenos Aires, em 1977, e mora no Uruguai desde 2005. Publicou o livro de contos *La caricia como método de tortura* (2007), o romance *Rugby* (2010) e o livro infantil *Las aventuras de Jirafa y Perrito* (2011), premiado pelo Ministério da Cultura. O conto incluído nesta antologia faz parte do livro *Variaciones de Koch* (2012), ganhador do Premio Nacional Narradores de la Banda Oriental.

Héctor Tizón nasceu no norte da Argentina, em 1929. Advogado de profissão, atuou também como diplomata e juiz. Escreveu novelas como *Fuego en Casabindo* (1969), *Luz de las crueles provincias* (1995) e *La belleza del mundo* (2004); e vários contos, reunidos no livro *Cuentos completos* (2006). Recebeu diversos prêmios, entre eles o grau de "Cavaleiro da Ordem das Artes e das Letras", concedido pelo governo francês. Em 2005, foi candidato ao Prêmio Nobel de Literatura. Sua obra foi traduzida para o francês, inglês, russo, polonês e alemão. Morreu na província Jujuy, em 2012. O conto incluído nesta antologia faz parte do livro *Cuentos completos*.

Hebe Uhart nasceu em Buenos Aires, em 1936. Estudou Filosofia na Universidade de Buenos Aires e trabalhou como professora. É autora das novelas *Camilo asciende* (1987) e *Mudanzas* (1995), e de vários livros de contos como *Dios, San Pedro y las almas* (1962), *El budín esponjoso* (1977), *Guiando la hiedra* (1997), *Del cielo a casa* (2003) e *Un día cualquiera* (2013). Seu livro *Relatos reunidos* (2010) recebeu o Prêmio de Melhor Livro Argentino de Literatura em 2011. O conto incluído nesta antologia faz parte do livro *Relatos reunidos*.

Este livro foi impresso
pela Geográfica para a
Editora Objetiva em
junho de 2014.